Camille et cie

La guerre des gommes

Sophie Laroche

Camille et cie

La guerre des gommes

Illustrations de Marie Olé

ÉDITIONS DE MORTAGNE

Catalogage avant publication de Bibliothèque et Archives nationales du Québec et Bibliothèque et Archives Canada

Laroche, Sophie, 1970-

    La guerre des gommes

    (Camille et cie ; 3)
    Pour enfants de 8 ans et plus.

ISBN 978-2-89662-238-2

I. Olé, Marie, 1967- . II. Titre. III. Laroche, Sophie, 1970- . Camille et cie ; 3.

PZ23.L375Gu 2013   j843'.92   C2013-940030-3

Édition
Les Éditions de Mortagne
C.P. 116
Boucherville (Québec) J4B 5E6

Tél. : 450 641-2387
Télec. : 450 655-6092
Courriel : info@editionsdemortagne.com

Illustrations
© Marie Olé

Tous droits réservés
Les Éditions de Mortagne
© Ottawa 2013

Dépôt légal
Bibliothèque et Archives Canada
Bibliothèque et Archives nationales du Québec
Bibliothèque Nationale de France
1er trimestre 2013

ISBN : 978-2-89662-238-2
ISBN (epdf) : 978-2-89662-239-9
ISBN (epub) : 978-2-89662-240-5

1 2 3 4 5 – 13 – 17 16 15 14 13

Imprimé au Canada

Nous reconnaissons l'aide financière du gouvernement du Canada par l'entremise du Fonds du livre du Canada (FLC) et celle du gouvernement du Québec par l'entremise de la Société de développement des entreprises culturelles (SODEC) pour nos activités d'édition. Gouvernement du Québec – Programme de crédit d'impôt pour l'édition de livres – Gestion SODEC.

Membre de l'Association nationale des éditeurs de livres (ANEL)

Pour Romane, ma filleule chérie,
en souvenir de mes années d'école
avec sa maman

Sophie Laroche

À ma poulette chérie et à Zoé B. !

Marie Olé

Sommaire

Liste de tout ce que fait et ne fait pas un enfant parfait

Par Camille, motivée pour le devenir !

1. Un enfant parfait n'attend pas d'être levé pour faire son lit. Il parvient à bien étendre sa couette et à regonfler son oreiller alors qu'il est encore couché.

2. Un enfant parfait n'ensorcelle pas sa mère et son beau-père. Il n'invente pas de fausse société pour trouver le père biologique de sa meilleure amie.

3. Un enfant parfait finit toujours ses devoirs et apprend ses leçons sans rechigner. Quand (par bonheur !) l'enseignante a oublié d'en donner, l'enfant parfait s'en invente.

4. L'enfant parfait ne dit jamais de gros mots, il ne ment jamais, il ne triche jamais. Au Monopoly, il ne prend pas de billets à la banque quand personne

ne regarde. Il ne critique pas mais complimente, y compris sa mamie quand elle revient de chez le coiffeur avec les cheveux violets.

5. L'enfant parfait ne mène pas une existence exaltante, j'en ai bien peur...

Chapitre 1

Je crois que chaque être humain a un nombre maximal de bêtises à ne pas dépasser dans sa vie. Sinon, la planète serait en danger. Et je crains bien, du haut de mes dix ans, d'avoir déjà franchi cette limite. Pff... Les quatre-vingt-dix années à venir ne vont pas être rigolotes ! (Je considère, en effet, qu'après cent ans, on est libre de faire de nouveau ce qu'on veut !)

Maman, qui vient de mettre au monde le plus beau bébé de la Terre (non, je n'exagère pas !) et qui a décidé de perdre ses kilos en trop (« cadeau » de sa grossesse), affirme qu'avec de la volonté, on peut tout. (Elle oublie de préciser que son régime la rend irritable, ce qui n'arrange personne : après ses sautes d'humeur de femme enceinte, Thierry, Jeanne et moi méritons bien un peu de repos !)

Je suis d'accord avec maman. J'ai juste du mal à rester motivée. Je fais parfaitement mon lit chaque jour. Je débarrasse systématiquement la table après chaque repas. Je tiens à souligner au passage que je mange tous mes légumes, sans les noyer sous des litres de ketchup. Je sonne chez madame Maillard, ma voisine du dessus, les jours où il fait trop chaud pour lui demander si elle veut que j'aille lui acheter son pain. Je dis à maman que non seulement elle est très belle, même avec son ventre encore rebondi, mais qu'en plus, je le trouve de moins en moins volumineux, ce ventre. Je veille à bien

La guerre des gommes

ranger mes vêtements dans mes tiroirs après la lessive, j'ai dit adieu à ma collection de chaussettes sales cordées sous mon lit et je souhaite bonne nuit à toutes mes peluches avant d'éteindre la lumière.

Parfaite, je vous dis !

Mais le soir, quand je me couche, je suis épuisée…

Heureusement, l'école reprend ce matin ! Rassurez-vous, je n'ai pas décidé de relâcher mes efforts, d'être irréprochable à la maison seulement et de faire n'importe quoi en classe. Sachez qu'on n'est pas parfait en cours et chez soi de la même façon. Je vais pouvoir étendre ma perfection à d'autres activités. Par exemple :

1. Je vais écouter TOUT ce que dit madame Schmitt, mon enseignante. Y compris quand ça sera le même truc qu'elle répétera pour la millionième fois. (Ce qui prouve, si c'était nécessaire, ma détermination !)

2. Je ne vais plus faire croire à Léo-Paul que j'ai aspergé son sac d'école de produit contre les araignées pour que nous soyons enfin débarrassés de ces affreuses bestioles qu'il apporte en cachette. (Je vous rassure, quand je n'étais pas parfaite, je ne passais pas à l'acte non plus, je ne suis pas une meurtrière.)

3. Je vais aimer les mathématiques. Ou, au moins, les travailler autant que si je les aimais. Ou peut-être juste essayer de les travailler comme si ça me plaisait...

Je sens que ça va être compliqué !

Coup de chance, madame Schmitt m'offre rapidement l'occasion de montrer mon désir de perfection.

– Les enfants, je sais que vous êtes heureux de vous retrouver ! lance ma professeure.

Ça, c'est sûr ! Quel plaisir de retrouver toutes les copines !

La guerre des gommes

– Et de ME retrouver, précise-t-elle.

Euh… ouais… hum… Ça, ça l'est moins…

– Je vous demande pourtant de cesser de bavarder, et de m'accorder toute votre attention.

Il faut croire qu'à part la parfaite enfant que je suis devenue, tous les élèves de cette classe ont perdu leurs bonnes manières pendant les vacances, car les bavardages ne baissent pas d'un décibel.

– SILENCE !

Madame Schmitt, elle, n'a rien oublié de ses méthodes efficaces ! Raphaële et Emma sursautent en chœur, Julien en avale sa gomme à mâcher. Tant mieux pour lui, il ne se fera pas attraper pour mâchouillage intempestif dès le premier jour. Un sourire accueillant s'affiche sur le visage de nouveau détendu de notre enseignante. Aucune trace de l'orage qui vient de s'abattre sur ce paysage ensoleillé. (Il n'a pas plu et mon enseignante n'est pas un terrain, c'est une image ; je vous rappelle que, plus tard, je veux être une écrivaine, parfaite en plus ; il faut donc que je travaille mes métaphores dès maintenant.)

– Les enfants, reprend madame Schmitt, je suis heureuse de vous annoncer que notre classe accueille un nouvel élève, Justin.

Et, en effet, nous remarquons alors que se tient près d'elle un garçon aussi mince que long. Pas impressionné du tout, il nous lance un regard noir. Il ne semble pas commode, le nouveau... S'il continue comme ça, personne ne va lui proposer d'être...

– Qui veut être son voisin ou sa voisine, pour l'aider à s'intégrer et lui expliquer le fonctionnement de notre école ? poursuit madame Schmitt.

Il faut que je me méfie. Pendant les vacances, mon institutrice a apparemment appris à lire dans les pensées. Ce qu'elle devine à cet instant précis ne la réjouit pas. Épaules rentrées, regards perdus au plafond, lacets qu'on renoue subitement : personne ne veut jouer au guide touristique. Normal, la place en classe, c'est super important. Votre voisin vous divertit quand vous vous ennuyez, vous réveille si vous vous endormez. Il vous prête son stylo vert quand vous avez encore oublié le vôtre, vous souffle le dernier paragraphe de la leçon d'histoire quand vous l'avez oublié (ou simplement pas appris) : c'est une décision capitale. Moi, par exemple, j'ai arrêté mon choix dès mon tout premier jour d'école : Raphaële à ma gauche, Emma à ma droite, de l'autre côté de la rangée. Ou, à la rigueur, l'inverse, mais c'est tout.

Sauf.

Sauf que.

Sauf que j'ai décidé.

Sauf que j'ai décidé d'être parfaite.

Étonnée, je regarde mon bras se lever. Impuissante, j'entends mes lèvres articuler :

– Moi, madame, je veux bien que le nouveau s'installe à côté de moi.

– Merci, Camille !

L'enseignante est ravie, Justin esquisse un minuscule sourire. Il est sans doute timide et n'ose pas manifester la reconnaissance qu'il va me vouer jusqu'à la fin de ses jours. Il racontera à ses enfants, ses petits-enfants, ses arrière-petits-enfants comment j'ai été agréable ce jour-là. Comment nous sommes devenus amis à la vie à la mort, sans que Raphaële soit jalouse, puisque c'est un garçon. Qui sait, peut-être serons-nous même mariés, parce qu'il sera tombé amoureux de moi à cet instant précis.

Raphaële, pour l'instant, est juste étonnée. Elle se lève et s'installe à côté d'Emma.

Le nouveau vient s'asseoir à côté de moi.

La guerre des gommes

– Bonjour, je m'appelle Camille, lui annoncé-je très poliment.

Ah, finalement, ce n'est pas si désagréable d'être parfaite ! Je vais prendre ce rôle de nouvelle amie très au sérieux.

– Je sais, madame « Schmachin » l'a déjà dit, rétorque Justin. Par contre, elle aurait pu me prévenir que tu puais. C'est comme ça tous les jours ou tu as juste oublié de te laver aujourd'hui ?

Liste de toutes les vraies mauvaises odeurs, bien pires que la mienne aujourd'hui

1. Le brocoli trop cuit. Le brocoli cru, qui répand insidieusement sa mauvaise odeur dans le réfrigérateur. Le brocoli noyé dans la sauce à la crème fraîche (ruse de maman, qui espère ainsi que je ne vais pas le repérer). Le brocoli que je jette en douce dans la poubelle et qui l'empeste jusqu'à ce qu'elle soit vidée. Non, je n'aime pas le brocoli ! Mais ce n'est pas de ma faute, ça sent mauvais !

2. Le parfum que papa s'est mis à se verser dans le cou sans doute par bouteilles entières depuis qu'il fréquente Marine. Ce n'est pas parce qu'elle a vingt ans de moins que lui qu'elle manque de flair !

3. Le nouveau voisin installé dans le bâtiment B. Ses longs cheveux sales tombent sur un manteau noir

tout troué, qui n'a jamais dû voir un lave-linge de sa vie. Il a des épingles à nourrice dans les oreilles et plein de chaînes sur ses bottes. Avec ses yeux maquillés en noir et son visage tout blanc, on croirait voir un fantôme. Même son chat est moche, il est roux et siffle méchamment chaque fois que je le croise. J'ai bien dit à Coca qu'il fallait l'éviter. Et l'odeur dans tout ça ? C'est simple, ces deux nouveaux, je ne peux pas les sentir !

Chapitre 2

Ça alors ! Quel culot ! Comment ça, je sens mauvais ?!? (Non, je ne vais pas répéter le verbe qu'il a utilisé, je suis trop parfaite pour ça.) C'est impossible, parce que :

1. Je me suis douchée ce matin. Et hier, et les jours précédents. On peut remonter comme ça pendant des années. Quand j'étais trop petite pour me laver seule, ma mère le faisait, je le sais : j'ai toujours senti bon !

2. Mes vêtements sont propres.

3. Mes chaussures sont neuves et je les porte avec des chaussettes.

Et puis, d'abord, pourquoi je ressens le besoin d'énumérer les preuves de ma bonne odeur ? Pourquoi je me surprends même, bien malgré moi, à renifler en douce mes aisselles pour vérifier ma transpiration ? Rien à signaler là, le nouveau a menti. Enfin, j'espère !

Mais dans ce cas-là, pourquoi fait-il cela ?

Oh non, je ne veux plus de pensées qui commencent par « pourquoi » et qui finissent par de gros ennuis pour moi, je veux être parfaite et sage ! Si le nouveau a les narines déréglées, ce n'est pas mon problème.

Ce serait tellement plus simple si je pouvais demander à Raphaële et à Emma

La guerre des gommes

de me « sentir », mais l'allée qui nous sépare me semble tout à coup plus profonde que le Grand Canyon.

Heureusement, c'est l'heure de la récréation. (Bien sûr que les enfants parfaits se réjouissent aussi quand vient l'heure de la pause ! On peut être détendu et irréprochable à la fois, je vais en faire la preuve.) Je suis impatiente de raconter à mes amies ce que m'a dit le nouveau et d'avoir leur avis sur la question ! Seulement, impossible de les trouver. Elles sont peut-être avec Louison et Églantine ! Mais où sont-elles, elles aussi ? Rapidement, je dois me rendre à l'évidence : tous mes camarades ont disparu.

Il n'y a personne de ma classe sur le terrain de jeux. Personne non plus près du grand érable à secrets, personne enfin qui s'impatiente devant la porte des toilettes.

Finalement, je les retrouve tous agglutinés près du portail.

Que font-ils là ? Ils n'espèrent quand même pas pouvoir déjà retourner en vacances ? Pas besoin d'être une fille parfaite pour savoir qu'il faut travailler un minimum avant ça !

– Moi, je n'ai pas eu les mêmes vacances que vous ! En Australie, les vacances sont en décembre et en janvier.

Je ne l'ai entendue qu'une fois, mais je reconnais sans problème la voix de Justin :

la guerre des gommes

avec ce qu'il m'a envoyé en pleine figure, je ne suis pas près de l'oublier.

Le nouveau semble captiver son auditoire :

– Des vacances en plein hiver, c'est pas génial ! s'exclame Louison.

– T'es trop nulle ! se moque Léo-Paul. L'Australie, c'est dans l'hémisphère sud, les saisons sont inversées. L'été, c'est en décembre et en janvier.

– Noël en plein été, sans neige, ça doit être bizarre, commente Emma.

Ma cousine a sans doute raison, mais je m'interrogerai plus tard sur le charme d'un Noël au soleil. Pour l'instant, je suis complètement fascinée par le récit de Justin. Ce garçon avait un kangourou comme animal de compagnie. Il lui est même arrivé de cacher des bonbons dans la poche ventrale

de son compagnon. Un kangourou...
waouh ! Coca, qui est pourtant le plus beau
chat de la Terre, me paraît soudain tristement
banal.

– Ce jour-là, j'ai vu la mort en face !
L'alligator me fixait droit dans les yeux,
deux petites fentes au-dessus du niveau de
l'eau...

Perdue dans ma rêverie, j'ai dû manquer
un chapitre !

Heureusement pour moi, Clément m'offre
un résumé.

– Pourquoi ce garçon t'avait dit qu'il n'y
avait pas d'alligators dans ce lac s'il y en
avait un ? demande-t-il à Justin. Il voulait ta
mort ? Et qu'est-ce que tu as fait à la bête ?
Tu lui as tordu le museau ?

– Non ! Ça, c'est dans les films ! J'étais
dans la vraie vie, moi. Vu que j'ai les bras

La guerre des gommes

et les jambes très musclés, je nage super hyper vite, j'ai rejoint la rive en quelques secondes.

Comme s'il voulait nous montrer de quoi il parlait précédemment, Justin plie l'avant-bras pour gonfler ses muscles. Je ne note pas de changement réel. J'ai sans doute besoin de lunettes, car autour de moi s'élèvent des ah, oh et autres onomatopées admiratives. (J'aime bien ce mot, « onomatopée », parce qu'il désigne de façon savante un truc tout simple !)

— Mais le garçon, tu lui as dit quoi ?

C'est Olivier qui a posé la question. Il déteste les actes méchants, et celui-là est particulièrement énorme : mettre en danger la vie d'un enfant !

— Je n'ai rien dit. Je lui ai fait une prise de kung-fu qui l'a envoyé au sol, je l'ai attrapé d'une seule main par les pieds, je l'ai suspendu au-dessus de l'eau.

La guerre des gommes

— J'ai attendu que l'alligator s'approche, et quand j'ai vu qu'il était prêt à attaquer, j'ai…

Il a QUOI ?!? Nous sommes tous pendus à ses lèvres. (Pas pour de vrai comme le garçon de l'histoire !)

— J'ai reposé ce crétin sur le sol. Il ne m'a plus jamais enquiquiné.

Pas difficile à croire ! D'ailleurs, je commence à avoir le même don que madame Schmitt, je devine ce que tous mes camarades pensent : surtout ne jamais jamais jamais ennuyer le nouveau !

De retour à la maison, je réponds aux questions de maman (et pas par onomatopées !), qui me sert acrobatiquement un chocolat chaud, Bébé César calé contre son épaule. Est-ce que le retour en classe s'est bien passé ? Est-ce que j'avais tout oublié pendant les vacances ? Rien d'important, quoi ! J'en arrive à la conclusion que ma pauvre maman a oublié ses années d'école. Elle ne me demande même pas si nous avons changé de place et à côté de qui je suis assise. Elle croit sans doute connaître la réponse, mais elle se trompe. Coca, lui, se montre beaucoup plus intéressé par ma présentation de Justin, mon étrange voisin de pupitre. Blotti contre moi, la tête sur mon avant-bras, il miaule à la fin de chacune de mes phrases.

Dans un premier temps, je me réjouis d'avoir un animal de compagnie qui n'a peut-être pas de poche ventrale et qui ne sait pas boxer, mais qui s'intéresse à ce point à ma vie.

Puis, lentement, insidieusement, un horrible doute m'envahit : les miaulements de mon chat résonnent comme une longue plainte. Tout contre moi, peut-être est-il... gêné par ma mauvaise odeur ?!?

Liste de tout ce qu'on sait
et que les autres ignorent
quand on a vécu à l'autre bout du monde

Par Camille

1. Vivre la tête en bas, sans tomber. Forcément, puisque la Terre est ronde ! Il paraît qu'on ne s'en rend même pas compte, mais moi, je ne serais pas étonnée que Justin soit le meilleur de la classe en équilibre pendant le cours de gymnastique.

2. Dresser un Kangourou pour qu'il vienne vous chercher à l'école. Justin nous a dit que le sien lui apportait son repas dans sa poche et qu'il prenait ensuite le sac à dos de son maître sur ses épaules.

3. Nager des kilomètres et des kilomètres sans s'arrêter. (L'Australie est une île, certes grande, mais une île quand même. Ses habitants doivent avoir un moyen de fuir en cas de... révolte des Kangourous, par exemple !)

4. Passer une journée complète assis sans bouger dans un avion. Justin nous a dit que le vol avait duré plus de vingt-quatre heures pour venir jusqu'ici, et que c'était ennuyeux, parce que, du coup, il ne pouvait pas retourner en Australie juste pour un week-end.

Chapitre 3

Raphaële est de mauvaise humeur. De très mauvaise humeur ! Je le devine sans même lui poser la question : elle entortille nerveusement ses cheveux autour de ses doigts. J'accélère le pas pour la retrouver, la questionner, la calmer si possible, la venger si nécessaire ! Pour qu'elle soit dans un état pareil, quelqu'un a dû vraiment l'ennuyer. Tout à coup, une petite lumière rouge se met à clignoter dans mon cerveau : attention danger ! Et je freine mon élan au milieu de la cour : je dois réfléchir avant de me lancer au secours de mon amie. La dernière fois, mon sens ultradéveloppé de l'amitié m'a valu de gros ennuis.

J'entends les deux Camille qui se battent dans ma tête. Camille-la-sage refuse de bouger. Camille-la-meilleure-amie s'impatiente : *Qu'est-ce que tu attends !!!* Camille-la-sage argumente, assez bien d'ailleurs, mais je n'entends pas sa démonstration jusqu'au bout : paf ! Camille-la-meilleure-amie lui a collé un coup de poing dans la figure et l'a assommée ! Que ce soit clair : je suis absolument contre la violence. Mais là, tout s'est passé dans ma tête, personne n'a vu le coup partir, et je n'ai de toute façon pas le temps de me faire la morale (enfin, de laisser Camille-la-sage sermonner Camille-la-meilleure-amie !) : Raphaële, ma Raphaële, a besoin de moi.

– Qu'est-ce qui t'arrive ?

La guerre des gommes

– C'est le nouveau qui m'énerve.

– Tu sais, tu sens très bon, si jamais tu te poses la question !

C'est impressionnant de constater à quelle vitesse le visage de Raphaële passe de la colère à la surprise :

– Je sais que je sens bon, pourquoi tu me dis ça ?

Ah… apparemment, Justin ne lui a pas fait la même réflexion qu'à moi. Je suis peut-être la seule qui… STOP !

– Comme ça, je ne sais pas, je voulais te le dire depuis un moment, ça doit être ton shampoing.

Mon mensonge semble convaincre mon amie, qui se passe la main dans les cheveux, très délicatement, cette fois. Je profite de mon effet pour changer de sujet :

– Qu'est-ce qui se passe avec Justin ?

J'ai l'impression d'avoir appuyé sur la touche de la télécommande qui remet le DVD à la scène précédente. En deux secondes à peine, le visage de mon amie est de nouveau pivoine :

– Figure-toi que ce môssieur, que personne ne connaissait encore hier et que nous avons tous très bien accueilli…

– C'est vrai, ça, ajoute Emma, qui nous a rejointes sans que je l'entende. Camille l'a même échangé contre nous comme voisin !

– Eh bien, cet ingrat a dressé une liste des enfants avec qui il accepte de jouer. Et il a exclu d'office les filles !

– Mais c'est ignoble ! (Je sens l'indignation qui m'étrangle.) C'est injuste ! C'est illégal même ! C'est…

La guerre des gommes

– Sauf toi. Parce que tu es sa voisine.

– Ah…

Qui a appuyé sur le bouton Stop du lecteur de DVD ? Cette fois, c'est moi qui me retrouve en arrêt sur image.

– Ah… Je suis la seule fille de sa liste ?

Vite, chasser ce petit sourire satisfait qui naît au coin de ma bouche. Pour être honnête, je suis flattée. Mais si mes amies le découvrent, elles vont se sentir trahies… et elles auront raison ! *Voilà les soucis qui recommencent,* me siffle intérieurement Camille-la-sage. *Tais-toi ou je t'en recolle une !* l'interrompt Camille-la-meilleure-amie. Je ne me savais pas si violente par amitié !

– C'est sans doute simplement un malentendu, tempéré-je alors. Je vais parler de vous deux à Justin, et il vous ajoutera sur sa liste. Sinon, je refuserai d'y être.

– Mais je ne veux pas être sur cette liste ! hurle Raphaële.

– Moi... moi non plus, bredouille Emma, beaucoup moins convaincante.

Oui, Camille-la-sage, j'ai compris, alerte générale ! Mais tais-toi un peu, que je réfléchisse.

La guerre des gommes

C'est seulement le deuxième jour d'école et je me sens déjà perdue. Heureusement, la sonnerie me donne un répit : les cours vont commencer, je vais pouvoir réfléchir tranquillement à tout ça.

Même si je suis sur sa « liste », je retrouve mon nouveau voisin avec appréhension. Que va-t-il me dire aujourd'hui ? Va-t-il trouver mon chandail trop court ou mon pantalon trop long ? (Les deux sont parfaits, c'est moi qui suis inquiète !)

– Salut, Camille, ça va ? questionne-t-il très gentiment, avant de murmurer : Hmmm, tu sens très bon, aujourd'hui !

Normal, j'ai piqué un peu de parfum à ma mère. Oh, pas parce que je sentais mauvais hier, non. Juste pour me rassurer. Oh, et zut ! Pourquoi je recommence à me justifier ?!

Heureusement, Justin me tire de mes pensées compliquées :

– Faut qu'on parle.

Oui, mais pas maintenant, parce que là, il y a madame Schmitt qui nous demande de nous installer en silence.

– Tu as sûrement entendu parler de mon club.

Tiens, la liste est devenue un club. Je l'interrogerai plus tard sur le sujet, parce que notre professeure a pointé sur notre table son regard mitraillette.

– J'ai fait une exception pour toi : tu es la seule fille, je n'en accepterai aucune autre ! En plus, tu en es la mascotte.

Aucune autre ? Mais mes amies alors ? Ça va poser un gros problème, je ne fais rien sans Emma et Raphaële. Mascotte, quand même… Madame Schmitt a chargé son arme, elle va tirer. Il faut que j'évite le massacre.

– Merci beaucoup, je suis très touchée, on en parle à la récré.

La guerre des gommes

Voilà, en une toute petite réponse, douze mots, deux virgules et un point final, je viens de trahir mes deux meilleures amies. D'ailleurs, dans ma tête, si une des deux Camille danse, l'autre boude…

Impossible, à la pause, de m'expliquer en tête à tête avec Justin. Tous les garçons se regroupent autour du nouveau, qui leur explique les règles de son club. Il l'a baptisé « les alligators ». Pour en être membre, il faut passer une série d'épreuves secrètes.

– Sauf Camille, parce que c'est la seule fille et qu'elle est notre mascotte.

Être une fille ne devrait pas donner des avantages… surtout quand cet avantage est accordé par un garçon qui rejette toutes les autres filles parce que ce sont des filles… justement ! Mais cette contradiction ne semble déranger personne. Ou plutôt, personne n'ose protester. (Je deviens très

bonne liseuse de pensées, dites donc !) La
« mascotte » des alligators n'écoute pas la
fin des explications. Je comprends bien que
je ne vais pas pouvoir parler à Justin maintenant, et je file retrouver Emma et Raphaële.
Elles se sont installées avec les autres filles
de la classe, à l'exact opposé de la cour.

– Tiens, voilà la mascotte ! lance méchamm-
ment Louison.

– Hé, Camille n'a rien demandé, elle a
juste été sympa hier ! l'interrompt Emma.

– Et elle est avec nous maintenant, insiste
Raphaële.

Mon amie me sourit :

– Je suis contente que tu aies choisi ton
camp !

Je lui rends son sourire, mais je me garde
bien de lui répondre. Je n'ai pas « choisi mon
camp ». Et j'espère bien que je n'aurai pas à
le faire.

Liste des épreuves à ~~passé~~ passer
pour devenir un alligator

Par Justin
Corrigée par Camille

1. Coller une gomme à mâcher sur la ~~chèse~~ chaise d'un instituteur ou du directeur.

2. ~~Vidé~~ Vider la ~~poubele~~ poubelle dans le ~~tiroire~~ tiroir de madame ~~chmite~~ Schmitt.

3. Faire le tour de la ~~court~~ cour dans la ~~posission~~ position du poirier.

4. Grimper sur le ~~toi~~ toit du gymnase.

5. Soulever un ~~banl~~ banc avec au moins ~~troi zélèves~~ trois élèves assis dessus.

6. ~~Prouter~~ Lâcher un gaz dans le bureau du directeur.

Chapitre 4

Ce matin, c'est à mon tour d'être de mauvaise humeur. Pas parce que je suis une fille sans personnalité qui imite sa meilleure amie. Non, pas du tout.

Si j'ai le regard noir, le mot rare et les cheveux en pétard, c'est parce que je suis une grande sœur exténuée. (Quoique, pour les cheveux, c'est peut-être parce que je ne me suis pas coiffée. Où est ma brosse ? À tout coup, c'est Jeanne qui me l'a encore empruntée et pas rendue. Que ma vie est dure !!!!)

Toute la nuit, ou presque, Bébé César a pleuré.

Une nouvelle précision s'impose : je ne suis pas furieuse contre Bébé César. Ça, c'est tout simplement impossible parce que :

1. Personne ne peut être en colère contre Bébé César, c'est un ange.

2. S'il a pleuré si longtemps, c'est parce que ses parents l'ont abandonné à son chagrin dans la nuit obscure. Ce n'est pas de sa faute.

3. Même si, l'esprit embrumé par la fatigue et les tympans percés par les cris, j'ai fini par remettre en cause le point 2 et ressentir une once d'irritation envers mon petit frère, il m'a suffi de penser au point 1 pour que ce sentiment disparaisse.

La guerre des gommes

Je finis par retrouver ma brosse à cheveux (sur l'oreiller de Jeanne, mais je ne voudrais pas donner l'impression de moucharder...). Je m'habille vite fait et fonce dans la cuisine pour prendre mon petit-déjeuner. Et là... là... là, je tombe nez à nez avec ma maman (les cheveux tout ébouriffés, il faut que je vérifie son humeur) et Bébé César. Calé dans ses bras, il avale goulûment son biberon. Le pauvre doit être affamé après une nuit à lutter seul dans l'obscurité de son lit ! Il prend cependant le temps de tourner la tête quand il m'entend marmonner un froid « Bonjour, maman ». (Fâchée à cause de cet abandon nocturne de nourrisson, je reste néanmoins polie, je suis devenue une fille parfaite.) Sa bouche est prise par la tétine, alors avec ses yeux, ses petits yeux bleus d'amour, il m'adresse un magnifique sourire. Deux sourires même, un dans chaque œil. Et là, la colère s'envole, je remarque que le ciel est particulièrement bleu, que le soleil se reflète joliment dans la chevelure libre de ma maman, que mes céréales croustillent en une douce mélodie sous le lait que je viens de verser. Oui, Bébé César a le pouvoir magique de transformer le jour le plus gris en moment magnifique. Mais je ne le dis à personne, à part à ce journal : j'aurais trop peur qu'on me vole mon petit frère.

Mes céréales avalées, mon bol lavé, essuyé et rangé (je me sens d'humeur particulièrement parfaite après le sourire de mon frère), je file mettre mes chaussures en guettant l'arrivée de Coca. C'est un rituel entre nous : tous les matins, mon chat vient me souhaiter une bonne journée en se frottant contre mes jambes tandis que je noue mes lacets. Un jour, j'ai entendu Jeanne l'appeler alors qu'elle remontait la fermeture éclair de ses bottes, mais, bien sûr, mon chat n'est pas venu. Fidèle au rendez-vous, il arrive en me miaulant sa mélodie d'amour. Quoique, ce matin, je trouve qu'il chante plutôt faux… Alors, je tourne la tête vers lui et constate avec horreur qu'il boite.

La guerre des gommes

Coca claudique. Donc, il souffre. Et là, je sens toute la magie du sourire de Bébé César s'envoler en fumée. Mon chat a passé la nuit dehors. Il a le droit, je ne lui donne pas d'heure limite de retour pour ses sorties nocturnes, il faut bien qu'il s'amuse avec ses copains félins. Sauf que là, il a sans doute fait une mauvaise rencontre. Je suis certaine que c'est l'affreux gros chat roux, moche et bête, du nouveau voisin qui l'a agressé. Ils sont louches tous les deux, le chat comme son maître. Une espèce de grand dégingandé qui se balade avec des épingles à nourrice dans le nez. Son chat, lui, porte un collier avec des pics métalliques. Même les chiens les plus méchants et les plus démodés n'oseraient pas porter un truc pareil. En plus, ils sentent mauvais. Les deux. Pour de vrai.

Petite inspection rapide de Coca :

Ses quatre pattes sont toujours attachées à son corps, même celle qui semble le faire souffrir. Pas de griffure non plus. Pas d'œil crevé.

La guerre des gommes

– Camille, tu vas être en retard !

Au rappel de maman, je reporte la fin de mon examen médical, embrasse mon chat et file.

Je sens que ça va être une mauvaise journée…

Dans la cour d'école, la tête sombre d'Emma confirme mon intuition. La mauvaise humeur est une malédiction familiale ; ma cousine et moi sommes toutes les deux envoûtées. Pourtant, sa petite sœur Colette ne doit plus pleurer de faim, la nuit, elle a presque deux ans.

– Qu'est-ce qui vous arrive, les cousines, ça n'a pas l'air d'aller ? demande Raphaële, qui a remarqué nos grises mines.

– Mon chat boite et mes parents négligent mon petit frère, m'empressé-je de répondre.

Emma, elle, ne pipe pas mot. Elle n'a même pas l'air d'avoir entendu la question. Ses soucis doivent être encore plus graves que les miens, si c'est possible. Emma, Coca et moi... C'est terrible, la malédiction de la mauvaise journée s'est abattue sur toute ma famille !

Liste de mes aïeux qui ont été victimes de cette malédiction et conséquences sur leur vie

Par Camille

1. En l'an 613, dame Camillia croisa la route du beau et noble et courageux chevalier de la Terre Dorée. Quand elle s'approcha du fier soldat, elle se prit les pieds dans son long jupon, chuta (ça veut dire « tomba » en langue d'avant), se retrouva le nez dans la boue et montra sa culotte longue à tout le monde. De honte, elle s'enfuit et le chevalier en épousa une autre.

2. En 1912, mon arrière-arrière-arrière-(et peut-être plus encore) oncle décida d'avancer d'une journée le voyage qui devait le ramener au pays. Il avait réussi à se procurer un billet sur ce nouveau paquebot qui faisait escale à New York, baptisé le *Titanic*.

3. En 1977, ma grand-mère mit au lave-linge la veste de son mari, énervée parce qu'il avait fumé la pipe en catimini et que le vêtement empestait. Le lendemain, son mari apprit dans la même journée qu'il avait joué les bons numéros à la loterie nationale... mais que son billet avait bouilli avant d'être essoré.

Chapitre 5

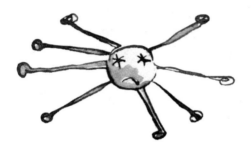

Léo-Paul a beaucoup vieilli pendant le déjeuner ! C'est en tout cas ce que je me dis, ce midi, quand je le vois sortir en courant de la cafétéria et s'engouffrer dans les toilettes. Il a les cheveux tout blancs ! Les tempes grises comme George Clooney, c'est séduisant... mais à dix ans, c'est un peu tôt, non ?

Heureusement, je ne m'inquiète pas long-temps pour mon camarade de classe. Il ressort dans la cour, la démarche apaisée, les cheveux à nouveau bruns… et mouillés. Comme il s'agit de Léo-Paul, le roi des crottes de nez panées qui adore les araignées et les limaces, pendant quelques toutes petites secondes, je m'interroge : pour se laver les cheveux si vite, il ne les a quand même pas… plongés dans la cuvette des toilettes ? Mais je me reprends tout de suite : ça doit être mon imagination de future écrivaine qui m'a joué des tours !

Piquées dans notre curiosité, Raphaële, Emma et moi lui demandons ce qui lui est arrivé.

– Comme si vous ne le saviez pas !

Il parle en reniflant, ce qui est assez habituel chez ce collectionneur de crottes de nez.

La guerre des gommes

Mais là, je note un détail en plus : ses yeux sont humides. Léo-Paul a pleuré.

– Non, je t'assure…, lui assuré-je.

Je ne mens pas, et mon camarade le sent. Alors, il se lance dans un récit entrecoupé par ses efforts pour empêcher les larmes de revenir :

– J'étais en train de manger, tout seul… comme d'habitude. (Précision : Léo-Paul ne déjeune pas tout à fait seul ; il y a souvent une chenille ou une araignée sur le bord de son assiette. C'est pour ça que personne ne veut se mettre avec lui. Mais ce n'est pas le moment de le lui faire remarquer.) Quand le nouveau et sa bande d'alligators ont débarqué. Ils ont encerclé ma table et Justin a commencé à se moquer de moi parce que je mangeais avec une araignée dans mon assiette. Je lui ai répondu que je préférais avoir une araignée dans mon assiette que dans le cerveau comme lui. J'ai bien vu qu'Hugo et Guillaume ont souri, mais il leur a envoyé un regard si méchant qu'ils ont eu peur. Sans dire un mot, il a pris mon pot de yogourt à la vanille et me l'a étalé sur la tête. Et surtout… surtout…

Là, le barrage cède et le pauvre garçon ne parvient pas à retenir ses sanglots :

– Il a écrasé Belle de Jour !

– Belle de Jour ? interrogeons-nous d'une seule voix.

– Ben oui, mon araignée !

Jamais je n'aurais imaginé être peinée par la mort brutale d'une de ces bestioles poilues…

– C'est pire encore qu'un décès, s'insurge Raphaële, avec qui je partageais à mi-voix ma réflexion. C'est un assassinat !

Mon amie, elle, ne cherche pas la discrétion, et tous les élèves qui nous entourent

La guerre des gommes

s'arrêtent soudainement de jouer. On est quand même en train de parler de meurtre à l'école !

Apparemment, notre conversation était écoutée car, çà et là, des voix s'élèvent :

— C'est vrai que ça ne se fait pas…

— Faut prévenir la police ?

— Mais l'araignée, elle avait le droit d'être là, dans l'école ? Sinon, c'est peut-être de la légitime défense ?

— Tu parles, c'est de la méchanceté, c'est tout !

Profitant de l'attention de son auditoire, Raphaële passe à l'étape suivante :

— Il faut prévenir les surveillants ! Qui a assisté à la scène et veut bien venir témoigner avec Léo-Paul ?

Là, phénomène étrange, ceux qui étaient tout ouïe quelques secondes plus tôt deviennent tout à coup sourds comme des pots. Mon amie a beau répéter sa question, personne ne semble l'entendre.

— Ils ont peur, lâche Léo-Paul, dépité.

Il insiste même :

— Tout le monde craint le nouveau, il paraît qu'on peut avoir de gros ennuis si on cafarde. Même ceux qui ont adhéré à son stupide club de nuls le redoutent.

— Ce n'est pas grave ! le console Raphaële. Nous parlerons aux surveillants ensemble, et moi, je dirai que j'ai tout vu, même si je n'étais pas là, et que tu dis la vérité. Un mensonge pour la bonne cause, ce n'est pas vraiment un mensonge !

— Non, tu n'as pas bien compris, rougit alors notre camarade. Quand je dis personne, c'est personne. Ne compte pas sur moi pour

La guerre des gommes

aller en parler, Justin se vengerait et je n'ai pas envie d'assister, impuissant, au massacre de tous mes animaux.

Mon amie ne répond pas. Mais ses sourcils se froncent de colère, son menton se relève sous la surprise, ses narines se dilatent pour aspirer tout l'air nécessaire pour survivre à une pareille nouvelle et ses yeux virent du bleu azur au bleu orage : je n'ai jamais vu autant d'expressions à la fois sur un seul visage !

De retour en classe, je décide de parler à Justin : tant pis si je meurs sous le regard « mitraillette anti-bavardages » de madame Schmitt.

– Qu'est-ce que vous avez fait à Léo-Paul, ce midi, ta bande et toi ?

– Oh, rien, juste une bonne blague ! Le coup du yogourt, c'est un grand classique, vraiment trop drôle !

Je m'apprête à donner à mon voisin mon avis sur sa blague, mais le voilà qui enchaîne :

– Quand j'ai appris que cette araignée était la sienne, j'étais vraiment désolé ! Je l'ai écrasée par réflexe. Pauvre Léo-Pierre, j'ai dû lui faire si mal au cœur…

Ce n'est pas Léo-Pierre mais Léo-Paul. Et, d'après ce qu'il nous a raconté, la mort de Belle de Jour ne ressemblait pas du tout à un accident. Mais là, face à Justin qui plante dans mes yeux son regard d'émeraude, j'ai un doute : et si Léo-Paul avait mal interprété les intentions du nouveau?

– Je suis un blagueur, c'est vrai, reconnaît mon voisin avec un sourire timide (et… sincère ?). Mais tuer un être vivant gratuitement, jamais ! Peut-être que Léo…machin n'a pas apprécié mon humour, parce qu'en plus, il avait échoué aux épreuves pour devenir un alligator. Si tu me le demandes, je lui donnerai une deuxième chance.

La guerre des gommes

Ça alors, Léo-Paul a essayé d'intégrer le « stupide club de nuls » de Justin, comme il l'a appelé ? Il ne s'en est pas vanté tout à l'heure. D'un autre côté, il semblait vraiment dévasté, difficile de croire qu'il nous a menti sur la façon dont est morte son araignée. Je m'apprête à ressasser l'incident tout l'après-midi quand Justin me tire de mes pensées :

– Camille, la leçon a commencé ! Il faut se concentrer…

Ange ou démon ? Ce garçon est en tout cas très étonnant…

Liste comparative de farces graves et pas graves

Par Camille

1. <u>Pas grave</u> : dessiner des cornes de diable sur la tête des chanteurs de rock moches de l'affreux poster que Jeanne a mis dans notre chambre. <u>Grave</u> : dessiner une moustache à Christophe Maé sur la superbe affiche de son concert où il me regarde droit dans les yeux.

2. <u>Pas grave</u> : ajouter du poivre dans l'assiette de frites de papy pour le faire éternuer. <u>Grave</u> : mettre en douce du sel dans la préparation du gâteau au chocolat fondant de mamie.

3. <u>Pas grave</u> : faire croire à son petit cousin que le père Noël ne viendra qu'à Pâques cette année, parce qu'il est parti en vacances au pôle Sud et qu'il n'a pas envie de revenir tant qu'il fait froid. (Je sais qu'il fait froid aussi au pôle Sud, mais mon petit cousin,

non !) <u>Grave</u> : remplacer mon cadeau de Noël (une station d'accueil pour mon iPod) par celui prévu pour la voisine, madame Maillard (une paire d'aiguilles à tricoter et trois pelotes de laine).

Chapitre 6

Enfin, le week-end ! Je vais passer deux jours loin des histoires de ma classe, je vais pouvoir parler librement aux personnes qui m'entourent sans redouter que ça vexe celles à qui je ne suis pas en train de parler (oui, ma vie est devenue très compliquée). Je vais traîner au lit mais pas trop parce qu'une fille parfaite ne se relâche pas complètement le week-end. Je vais câliner Bébé César, je vais revoir Jeanne, qui a passé la semaine chez sa mère, et lui raconter ce qui se passe dans ma classe, et je suis certaine qu'elle saura trouver les mots pour me réconforter et les bons conseils pour me sortir de cette situation.

Enfin, si elle accepte d'ôter les écouteurs de son iPod de ses oreilles plus de trente secondes pour écouter ce que j'ai à lui dire...

– Camille, Camille, t'es là, super ! Faut qu'on parle !

Ça alors ! J'ai un ange gardien qui exauce mes souhaits ! Sûrement parce que je suis devenue une fille sage. Ah, si j'avais su, j'aurais été parfaite plus tôt ! Jeanne, qui vient de me rejoindre dans notre chambre, se jette sur mon lit. Quand elle vient dans mon territoire, c'est que la conversation va être sérieuse. D'ailleurs moi, je n'ai encore jamais osé monter sur son lit (enfin... quand elle est là).

La guerre des gommes

– Camille, je m'inquiète vraiment. Je ne sais pas si tu t'en es rendu compte, mais il y a un vrai problème…

Mon ange gardien lui a déjà présenté un résumé de la situation à l'école ? Il est vraiment fort !

– … avec ton chat.

Comment ça, avec mon chat ?

– Comment ça, avec mon chat ?

Eh oui, de stupéfaction, mes paroles sont sorties en même temps que mes pensées.

– Qu'est-ce qu'il a, Coca ? Il lui est arrivé quelque chose ? Il a disparu ?

– Non, il est là, je viens de le voir traverser la cuisine, me rassure ma sœur. Mais il n'est vraiment pas en forme, il boite.

– Ah, ce n'est que ça !

Devant l'air à la fois étonné et outré de Jeanne, je dois apporter une précision : le fait que Coca boite est en effet très grave. Mais ce n'est pas nouveau, je le savais déjà. Ma super mauvaise journée d'hier a d'ailleurs commencé par cette découverte.

– Tu devrais demander aux parents de l'emmener chez le vétérinaire, c'est peut-être sérieux.

Waouh ! Jeanne qui, à l'époque pas si lointaine où je la surnommais Javotte (à juste

La guerre des gommes

titre, je le rappelle !!!), chassait quasiment mon Coca de la maison pour le perdre dans le jardin (j'exagère un tout petit peu, ce n'est pas de la mauvaise foi, c'est juste mon regard d'écrivaine), Jeanne donc… s'inquiète vraiment. Soit elle est devenue complètement gaga, soit… Coca a vraiment quelque chose de grave.

– Jeanne, tu peux me passer ton téléphone portable ? Il faut que j'appelle Emma et j'ai quelques messages à écrire.

– Te prêter mon cellulaire ? Tu rêves ou quoi ? Essaie un peu et tu verras à qui tu as affaire.

Je n'ai absolument pas besoin de son téléphone, il me fallait seulement une preuve de la bonne santé mentale de ma sœur. C'est fait ! C'est rassurant pour elle… mais pas pour Coca.

– T'inquiète pas, je ne toucherai pas à ton portable, lui réponds-je. Je peux utiliser le téléphone de la maison.

Je n'ai pas envie qu'on se fâche, Jeanne et moi, j'ai trop de problèmes en ce moment. Mon principal souci est maintenant blotti dans mes bras, je viens de le retrouver sur le canapé du salon et il a accepté que je m'y love avec lui. Ça peut sembler naturel, mais il ne donne pas son accord à tout le monde. Quand c'est Thierry qui s'installe, Coca se met à miauler avant de partir en lui tournant ostensiblement le dos, queue relevée. (Normal, mon beau-père va regarder le football et Coca déteste ça. Il n'aime que la série *Glee* et les concerts de mon chanteur préféré, Christophe Maé.)

Je lui caresse doucement la patte sur laquelle il boite. Il relève la tête et plante dans mes yeux son regard malheureux : Coca souffre. Si seulement il pouvait parler ! Je pratique bien le langage chat, mais pas parfaitement. Je comprends juste : « J'ai faim », « je veux sortir », « un câlin ! », ou à la limite « arrête de bouger quand tu dors ». Et encore, je ne suis pas capable, moi, de miauler toutes ces phrases correctement. Un jour, j'ai voulu déclarer à Coca mon amour

La guerre des gommes

pour lui dans sa langue, il a foncé dans la cuisine voir son bol de croquettes… À moi donc de deviner ce qui lui arrive. Je suis de plus en plus convaincue qu'il a croisé le chat du voisin, lors de sa dernière virée nocturne. Et si cet animal de malheur lui avait cassé la patte ? J'ai envie d'aller sonner chez son propriétaire. Je suis certaine que, si je demande à la police scientifique d'examiner l'affreuse fourrure rousse ou les griffes de ce matou miteux, on y trouvera des traces d'ADN de Coca, comme dans les séries américaines. Je n'ai pas peur de cet animal, encore moins de la grande asperge percée qui lui sert de maître. Je vais le menacer de le dénoncer à l'Organisation Mondiale des Chats s'il ne retient pas son monstre ou s'il le laisse sortir sans muselière. (Oui, ça doit exister pour chat, il lui a bien dégoté un collier clouté !) Moui, je sais, l'Organisation Mondiale des Chats n'existe pas, mais ce n'est pas grave, je vais la créer. Je suis certaine que les présidents du monde entier accepteront que leur pays y adhère. Et Christophe Maé pourra être le parrain, il adore les animaux !

– Le monde entier va se mobiliser ! m'exclamé-je… sans doute un peu fort car Coca sursaute et miaule.

Sa plainte me ramène à l'instant présent. Avant de rallier Barak Obama (pour ceux qui l'ignorent, c'est le président des États-Unis d'Amérique) et mon chanteur préféré à ma cause, il faut que je soulage mon pauvre ami. Ah, j'ai trouvé ! Je vais lui faire un plâtre avec de la pâte à sel ! J'installe Coca confortablement sur un coussin, j'allume la télé sur le canal Planète, qui diffuse un reportage sur les éléphants. Ce n'est pas son sujet préféré, mais ça l'occupera le temps que je prépare ma mixture.

Recette de la pâte à sel pour plâtre à chat :

1. Mélanger le sel, la farine.

2. Ajouter deux verres de lait à la place de l'eau, ça aura meilleur goût s'il lèche sa plaie.

3. Mettre au four, à 180° C, pendant une heure.

La guerre des gommes

Mettre au four... Alors que je touille avec ardeur ma préparation, l'horrible réalité m'explose en pleine tête. Je peux enrouler de pâte à sel molle la patte de mon chat, mais je ne peux pas le mettre au four pour la faire durcir ! Dépitée, je jette ma préparation. Ce week-end ne sera pas mieux que cette semaine, je le sais maintenant. J'ai juste le temps de ranger le saladier et d'essuyer la farine qui a volé partout avant que maman débarque dans la cuisine, Bébé César dans les bras.

– Ma chérie, prends ton frère une seconde. Je vais appeler le vétérinaire pour Coca, Jeanne m'a dit qu'il boitait. Et après, si tu veux, tu pourras venir balader César avec moi, il adore quand c'est toi qui tiens la poussette.

Bébé César se cale contre mon épaule, me regarde droit dans les yeux et gazouille un joyeux : baba ba bababa. Ce qui, en langage bébé, signifie : « Ne t'inquiète pas, tout va s'arranger. »

Ça, je le sais, je n'ai pas oublié la langue des bébés.

Déclaration universelle des droits des chats
par l'Organisation Mondiale des Chats

1. Article premier : Tous les chats naissent libres et égaux en dignité, en droits, en croquettes et en câlins.

2. Article 2 : Tout chat a le droit à la vie, à la liberté... et à l'amour inconditionnel de son maître ou de sa maîtresse.

3. Article 3 : Nul chat ne sera tenu en esclavage ou en laisse ou ne devra porter de collier sous la contrainte.

4. Article 4 : Nul chat ne sera soumis à la torture, ni à des peines ou des traitements cruels. Même infligés par un autre chat.

Chapitre 7

Si moi, j'ai passé un week-end très calme à câliner tour à tour Coca (rassuré de savoir qu'il va chez le vétérinaire lundi !) et Bébé César, Raphaële a été, semble-t-il, beaucoup plus active. Mon amie a créé... une association !

– Vous comprenez, les filles, nous ne pouvons pas laisser ce Justin faire régner sa loi sans réagir, nous explique-t-elle. D'autant plus que sa loi, elle n'est pas juste.

Et s'il y a bien quelque chose que mon amie n'aime pas, c'est l'injustice. Emma et moi l'écoutons nous présenter son projet.

– J'ai décidé de créer l'Association anti-général machin, commence Raphaële…

… aussitôt interrompue :

– C'est qui, le « général machin » ? demandons Emma et moi d'une seule voix étonnée.

– Ben, Justin ! C'est comme ça que j'ai rebaptisé l'ennemi. Il fallait un nom de code à notre mouvement. Le nouveau se prend vraiment pour un commandant en chef des armées et Justin rime avec… machin ! Alors, j'ai trouvé que ce surnom convenait parfaitement à ce petit dictateur de pacotille. Et encore, je suis gentille, parce que Justin, ça rime aussi avec crét…

La guerre des gommes

– C'est bon, c'est bon, on a compris ! l'interromps-je, car je sais que je vais recopier cette conversation dans mon journal et je déteste y mettre des gros mots (je suis une auteure raffinée, je vous le rappelle, et qui tend vers la perfection).

Pour finir de me convaincre, Raphaële ajoute quand même :

– Un peu comme toi quand tu surnommais Jeanne Javotte.

Avec cet exemple, je comprends qu'elle est très très très en colère contre le général machin !

Mon amie ouvre son sac d'école et en sort une grande pochette. Il y est écrit en lettres rouges – sang ? – « Association anti-général machin ».

– Tenez, je vais vous passer le document que j'ai préparé, ça ira plus vite que si je vous lis tout ça à voix haute. Vous remplissez le bulletin d'adhésion, vous signez la charte, vous prenez un badge et, pour la cotisation, on verra plus tard si...

STOOOOOOPPPPPPP ! Comment ça, un bulletin d'adhésion ?

C'est quoi, cette charte où il est écrit en article premier « Je m'engage à ne jamais adresser la parole au général machin » ? Qu'est-ce que Raphaële entend par cotisation ? Elle ne pense quand même pas que notre argent de poche va passer dans sa

La guerre des gommes

lutte ?!? J'aimerais poser toutes ces questions à mon amie, mais elle a filé. Elle distribue ses tracts aux filles de la classe, qui semblent très intéressées. Je me demande ce qu'Emma pense de tout ça. Quand je lui pose la question, elle tourne la tête sans desserrer les dents. Super, l'ambiance, ce matin ! Je commence à comprendre ce que Thierry veut dire quand il nous répète qu'il déteste le lundi !

Très vite, je vois les sacs d'école s'ouvrir, les stylos sortir des trousses, les formulaires d'adhésion se remplir. Louison sort de sa poche deux sucettes.

— Ça ira comme participation ? demande-t-elle.

— C'est parfait ! lui répond Raphaële. L'important, c'est de se constituer un trésor de guerre, pour ne pas manquer de munitions pendant la bataille. Avec des bonbons, tu verras qu'on arrivera à corrompre quelques-uns des garçons qui sont passés à l'ennemi. Ils pourront jouer les espions.

– Moi, je te donne ma gomme à effacer, s'exclame Léo-Paul. Si tu vises bien, ça fait un super missile.

– Très bonne idée ! acquiesce Raphaële. On va se faire une réserve.

Un à un, je vois mes camarades de classe donner leur gomme à effacer à mon amie. Je me surprends à espérer pour eux qu'ils ne se tromperont pas dans leurs exercices de calcul tout à l'heure ! Sans ce précieux outil, pas le droit à l'erreur pour les opposants au général machin !

Emma sort enfin de son silence :

– La guerre des gommes est déclarée…

La guerre des gommes ! Voilà une page d'histoire que madame Schmitt ne nous racontera pas mais qu'elle vivra en direct. Même si la phrase a été prononcée d'une voix triste, j'éclate de rire. Ma réaction semble étonner ma cousine, qui me regarde étrangement.

La guerre des gommes

– Quoi ? La guerre des gommes, c'est vraiment drôle !

– Si ça te fait rire, tant mieux pour toi ! grogne alors Emma.

Et ma cousine s'éloigne sans que j'aie le temps de m'expliquer avec elle. À cet instant, Raphaële me retrouve, et je peux partager avec elle ma surprise :

– Je ne comprends pas ce qui arrive à Emma.

– Moi non plus, s'inquiète Raphaële. Quand je lui ai demandé de remplir son formulaire, elle est partie sans même me répondre. Au fait, voilà le tien…

Et mon amie me tend le document comme si c'était absolument naturel, et certain, et évident pour elle, que je vais adhérer à son association.

Et moi, je prends la feuille, et je remercie mon ange gardien qui a dû traîner au lit ce matin (c'est vrai que les nuages, ça doit être douillet comme lit !) mais qui se décide enfin à se porter à mon secours : la sonnerie retentit.

– Je verrai ça plus tard ! lancé-je en rangeant les feuilles dans mon sac d'école.

Ce qui n'est pas un mensonge, mais pas la vérité non plus... Quelques minutes à peine que je suis de retour à l'école et je me sens déjà très mal. Je ne sais pas si Justin, qui vient de s'asseoir, s'en est rendu compte, mais il me tend un petit paquet enveloppé dans une feuille de papier quadrillé.

– Tiens, c'est pour toi. Un porte-bonheur indigène qui chasse les mauvais esprits.

J'ouvre. Waouh, c'est une dent d'alligator !

– Une vraie, me confirme Justin. Mais je n'ai pas tué l'alligator pour l'avoir parce que je suis contre la violence envers les animaux !

La guerre des gommes

Ça, Léo-Paul aura sans doute du mal à le croire après la mort de son araignée ! Mais je me garde bien de le lui faire remarquer : j'ai trouvé son cadeau gentil.

– Il suffit que tu la laisses dans ton sac d'école et il ne t'arrivera rien de mauvais. Les indigènes les portent dans des besaces en peau de hyène.

J'aimerais bien en apprendre plus sur ces indigènes, leurs coutumes et le pouvoir de ce grigri, mais madame Schmitt a chargé sa mitraillette-regard : la géographie et l'histoire des peuples ne sont pas à son programme, ce matin !

Vite, je glisse la dent dans mon sac. Mes doigts frôlent deux feuilles volantes. Ce sont mes devoirs que j'ai laissés traîner comme ça ? Oh… Non, ce sont les documents de Raphaële. Voilà le cadeau de Justin coincé parmi les formulaires d'adhésion à l'Association anti-général machin. J'ai mal au ventre, tout à coup…

Je jette un coup d'œil rapide à la table de l'autre côté de la rangée. Raphaële s'agite dans tous les sens. Apparemment, mon amie est encore en pleine campagne de recrutement. Assise à côté d'elle, Emma ne bouge pas d'un poil, le visage fermé, le regard perdu dans le vide. Mes deux meilleures amies sont tout près de moi, et pourtant, il me semble que nous sommes à des années-lumière les unes des autres.

Liste des conséquences catastrophiques pour la planète si Camille, Emma et Raphaële se disputaient

Par Camille

1. Une baisse sensible de la température sur notre ville (l'amitié, ça réchauffe !), un retard dans la floraison des arbres et des plantes et une récolte de fruits complètement gâchée.

2. Un débordement des chutes Niagara (avec tout ce que je vais produire comme larmes et qui va partir gonfler les ruisseaux, les rivières et les fleuves !).

3. Le super film dans lequel Emma aurait joué, que j'aurais écrit et dont Raphaële aurait dessiné l'affiche ne verra jamais le jour.

4. Mon futur bébé refusera de venir au monde tant qu'Emma et Raphaële refuseront d'être ses marraines. Je resterai enceinte jusqu'à ce qu'on se réconcilie, peut-être des années entières !

Chapitre 8

Ah non, pas lui ! Pas Coca… Raphaële qui s'énerve, Emma qui boude, et maintenant, c'est mon chat qui n'arrête pas de ronchonner dans la voiture.

(Oui, un chat peut ronchonner, il émet alors un miaulement :

1. Faible pour montrer que c'est une victime maltraitée…

2. ... mais aigu, pour être sûr quand même de nous casser les oreilles.)

Je sais qu'il n'aime pas la voiture, encore moins sa cage de voyage, mais le cabinet du vétérinaire est à sept kilomètres au moins de la maison, alors en pas de chats, je n'ose même pas imaginer le temps que ça représente. Surtout pour un animal qui boite. Je sens bien, en plus, que les miaulements incessants de Coca irritent Thierry. Alors, je mets un CD dans le lecteur de la voiture : un peu de Christophe Maé, voilà qui va rendre le sourire à tout le monde ! (À moi, au moins.) Mon Christophe adoré entame à peine le deuxième couplet de sa chanson quand Thierry se gare en bougonnant :

– Je ne l'aurais pas conduit à l'autre bout du pays, crois-moi !

Je n'en veux pas à mon beau-père. Bébé César, aussi parfait soit-il, pleure encore régulièrement la nuit, et je crois que les oreilles de Thierry ont besoin de repos. De près, elles me paraissent fatiguées.

La guerre des gommes

– Qu'est-ce que tu examines comme ça ? me questionne mon beau-père, alors que nous patientons assis dans la salle d'attente.

– Oh, rien… Je me demandais juste… Tu crois que c'est grave pour Coca ?

Rien à voir avec ses oreilles et Bébé César, d'accord, mais je n'ai pas envie de me lancer dans de longues explications. Et puis…, je m'inquiète vraiment pour mon chat, sans doute à cause de l'étrange odeur qui règne dans ce cabinet. Ça sent à la fois le désinfectant, les médicaments et… la peur des animaux.

D'ailleurs, Coca n'est pas dupe, il s'est recroquevillé au fond de sa cage. Heureusement, le vétérinaire nous invite rapidement à entrer dans sa salle de consultation. Quand un vétérinaire, un médecin ou un dentiste « vous invite à entrer dans son cabinet », ce n'est pas du tout comme quand votre meilleure amie vous invite à venir manger des pizzas et dormir chez elle. Chez le docteur, c'est juste une façon polie de vous dire « Allez, dépêchez-vous, il est trop tard pour fuir ! » et mon chat super intelligent l'a bien compris. Il se réfugie encore plus au fond de sa cage. Même moi, j'ai du mal à le sortir. Pourtant, le vétérinaire a l'air très gentil. Il a une voix toute douce et, quand enfin il tient Coca dans ses bras, il le caresse pour le rassurer avant de l'examiner. Et moi, je trouve ça très bien.

Ce qui me plaît moins, c'est quand ce même docteur nous annonce, d'un ton ferme cette fois, qu'il va devoir garder Coca pour la nuit : il va l'endormir ce soir pour lui faire une radio. Nous pourrons le récupérer demain.

– Très bien ! répond Thierry.

– Mais c'est carrément im-pos-si-ble ! réponds-je exactement au même moment.

Et, à la tête abasourdie du vétérinaire, nous nous apercevons qu'il n'a pas bien compris nos réponses. Je ne laisse pas le temps à Thierry de s'expliquer.

La guerre des gommes

– Coca n'a jamais dormi seul, il va être perdu ! plaidé-je. En plus, je dois être honnête, ça ne sent pas très bon chez vous, il ne va jamais réussir à s'endormir, surtout si je ne suis pas là pour le bercer. Vous croyez que je peux rester aussi ? Je dormirai par terre si ça vous arrange.

Le médecin pose sa main sur mon épaule et, un court instant, j'ai l'impression qu'il va me caresser le dos pour me calmer, comme il l'a fait avec Coca il y a quelques instants.

– Camille, ne t'inquiète pas, on va veiller sur ton chat. En plus, avec l'anesthésie, il dormira sans problème. C'est important de lui faire cet examen. Je veux être sûr qu'il n'a rien de grave.

De toute sa tirade, je n'entends que le dernier mot :

– Grave ? Grave ? Comment ça, grave ?

– Ne t'inquiète pas, répète le médecin. C'est sans doute un muscle ou un ligament

La guerre des gommes

froissé et... Avec la radio, nous en serons certains.

À cet instant, j'ai un pressentiment étrange, comme si ce médecin ne me disait pas tout.

Que l'appartement me semble vide sans Coca ! OK, un chat ne fait pas vraiment de bruit et ne prend pas beaucoup de place non plus, mais c'est une vraie source de bonheur. Ce soir, le bonheur ne dort pas là. Maman et Thierry ont une conversation normale à table, mais je suis certaine qu'ils se forcent pour ne pas montrer à quel point mon chat leur manque. Même Bébé César ne change rien à ses habitudes et nous gratifie d'un énorme rot après son dernier biberon, mais j'imagine bien que mon petit frère est très inquiet !

La preuve ? Il se met à hurler à pleins poumons à 23 h 57 (heure officielle relevée sur mon radio-réveil) alors qu'en général, il dort jusqu'à minuit sans rouspéter. Je me glisse en douce dans la chambre de maman et Thierry, où est installé le petit lit. Eh oui, c'est la crise du logement chez nous, je dors avec Jeanne, et Bébé César avec ses parents. Il faudrait qu'on songe à échanger : Jeanne avec les adultes, et Bébé César avec moi, ça pourrait être cool ! Dès qu'il m'aperçoit, mon petit frère arrête de pleurer, et ça confirme mon intuition : cet enfant serait heureux de partager ma chambre ! Je le prends puis m'assure que sa couche n'est pas mouillée (eh oui, je deviens une vraie pro en bébé !) et l'emmène dans ma chambre : après tout, Coca a laissé une place libre dans mon lit, exactement entre mon oreiller et le mur.

Alors que j'avais passé toutes les longues minutes de vingt et une heures à minuit à chercher en vain à trouver le sommeil (c'est le vétérinaire qui me l'a piqué en kidnappant mon chat), Bébé César et moi nous endormons en quelques instants à peine, visage contre visage.

La guerre des gommes

Il fait déjà jour quand nous sommes réveillés par un cri strident :

– CÉSARADISPARU ! CÉSARADISPARU !

J'ouvre les yeux, je reconnecte mon cerveau et analyse les informations reçues :

La voix : celle de ma mère.

Le ton : paniqué… euh… terrifié ?

Le message : César a disparu.

Mais non, mon frère n'a pas disparu, il est là, à côté de moi, deux grandes billes à la place des yeux. Le cri de notre mère a dû le surprendre. Je n'ai pas le temps de la rassurer, elle pousse avec force la porte de ma chambre, qui ne lui résiste d'ailleurs pas. Ma mère perd l'équilibre, se redresse et s'apprête à répéter son cri paniqué quand elle nous voit tous les deux. Enfin, sans vouloir faire ma jalouse parce que je ne le suis plus, elle aperçoit uniquement mon frère :

– Mon bébé, mon bébé, mon bébé ! se met-elle à répéter (bien plus que trois fois, mais je ne vais pas non plus noircir plusieurs pages de mon journal avec ces mêmes mots, je suis pour l'économie de papier et la sauvegarde des forêts, moi).

Quand elle s'aperçoit enfin que je suis là aussi, ma mère ne manifeste aucune joie particulière (bon, il est vrai que je n'étais pas portée disparue) et se met au contraire

La guerre des gommes

à me passer un savon tellement gros qu'il arriverait à décrasser un éléphant qui n'aurait jamais pris une douche de sa vie :

– Camille, tu es inconsciente, c'est très dangereux de dormir avec un bébé ! Tu aurais pu l'étouffer ! Tu aurais pu me prévenir, j'ai eu la peur de ma vie ! En plus, il n'a pas eu son biberon de la nuit, pauvre chéri, il a dû mourir de faim !

Moi, je le trouve bien vivant, Bébé César. Dans les bras de maman, il me regarde, l'air de dire : « Je suis comme toi, je ne comprends pas ce qui lui prend. »

J'ai bien envie de rétorquer à ma mère que :

1. Coca est de la même taille que mon frère et que je ne l'ai jamais blessé en dormant avec lui.

2. Son bébé affamé a fait sa première nuit complète sans se réveiller, sans doute parce qu'il s'est senti en sécurité et pas abandonné

comme un pauvre malheureux dans un petit berceau ridicule au pied du lit de ses parents, qui - il faut le dire ! - ronflent.

3. Ma mère n'arrête pas de nous répéter qu'elle attend avec impatience « le jour où il dormira la nuit ». (La formule est absurde mais je suis restée bouche cousue, je voulais ménager ma pauvre mère fatiguée.)

Je me tais, parce que je vais être en retard, parce qu'un matin sans Coca, crise de ma mère ou pas, c'est un mauvais matin, et qu'en plus, en pleine guerre des gommes, la journée qui s'annonce sera certainement tout aussi pourrie que ce début de matinée.

Liste (pas nécessaire à mon avis !)
qui prouve que je suis une super grande sœur

Par Camille

1. Dès que Bébé César est rentré de l'hôpital (il avait à peine deux jours et des doigts tout riquiqui), je lui ai prêté mon iPod et mes écouteurs pour qu'il découvre Christophe Maé. Bon, il a hurlé, mais sans doute parce qu'il dormait et que j'ai oublié de le réveiller avant de monter le volume.

2. Quand je mange des bonbons, j'en garde toujours au moins un pour mon petit frère. Dès qu'il aura sa première dent, je lui en donnerai, à la petite cuillère pour commencer.

3. Quand maman change la couche de Bébé César et que je vois à son petit nez qu'il plisse que, tout de suite après, il fait pipi ou caca dedans, je ne le dénonce pas.

C'est tout, et c'est assez comme ça. J'interdis qu'on dise que je ne suis pas une super grande sœur.

Chapitre 9

C'est la guerre à l'école ! Pour de vrai !
Les deux clans se sont partagé la cour, et il
faut passer des barrages pour circuler d'une
partie à l'autre. Raphaële et ses troupes ont
empilé les sacs d'école pour faire une barri-
cade devant les toilettes. Emplacement stra-
tégique : leurs ennemis vont devoir se retenir
toute la journée ! Justin et sa bande, eux, ont
carrément déplacé un banc ; ils l'ont mis en

haut du talus et ont creusé derrière pour installer leur quartier général… Ah, madame Schmitt va être contente : le mois dernier, elle nous a parlé des tranchées en France, pendant la Première Guerre mondiale et, ce matin, elle en a sous ses fenêtres !

Pour circuler « librement » dans toute la cour, il faut connaître les mots de passe. Raphaële m'a donné les deux siens dès que je suis arrivée ce matin : « Robin des Bois » et « Zorro ». L'oppresseur n'a plus qu'à bien se tenir ! Justin, lui, m'a transmis les siens sur un petit bout de papier chiffonné : « mitrayète » et « bayonète ». (Je sais que ça ne s'écrit pas comme ça, mais là, je suis dans le récit d'événements qui vont passer à l'Histoire, je ne peux pas me permettre de rectifier !)

– Quand tu les as retenus, murmure Justin, tu fais une boulette avec le papier et tu l'avales. Il ne faut laisser aucune trace !

Comme j'hésite à le faire, il insiste :

La guerre des gommes

– Allez !

Et je m'exécute. (Dans ce cas, « exécuter » signifie « faire », pas « tuer », même si on est en pleine bataille !) La guerre a un goût bien fade…

À la récréation, j'essaie de parler à Raphaële, de lui proposer un plan de paix, mais mon amie ne veut rien entendre. Il faut dire que, depuis l'autre extrémité de la cour, Justin lui adresse grimaces et autres gestes impolis que, là, je n'ai pas du tout envie de consigner dans mon journal, vérité historique ou pas ! Dépitée, je rejoins ma cousine. Si Raphaële refuse l'armistice, peut-être qu'Emma acceptera d'arrêter de bouder et m'apportera son soutien dans ma mission de pacification.

– Écoute, Emma, je ne sais pas si tu es toujours fâchée parce que je ne suis plus assise à côté de toi, mais moi, je voulais juste être sympa (et parfaite, mais ça, je ne vais pas le lui expliquer, ce serait trop long), et je n'ai pas imaginé une seule seconde que le nouveau se comporterait comme ça, et que Raphaële réagirait avec tant d'énergie. (Quoique... j'aurais pu m'en douter, car je connais mon amie, mais une fois encore, je garde ma réflexion pour moi.) Bref, Emma, toutes les deux, nous sommes plus qu'amies, nous sommes cousines, nous avons le même sang, les mêmes grands-parents, et le même chalet de vacances, nous devons être au-dessus de tout ça et nous unir pour ramener la paix.

Là, ma cousine éclate en sanglots.

Bon, moi aussi, j'ai trouvé mon discours assez émouvant, mais quand même... Je dois être vraiment une bonne oratrice !

– Camille, il faut que je te dise un truc...

Ma pauvre cousine va sans doute s'excuser pour son comportement, me raconter à quel point mes mots l'ont touchée, me promettre que plus rien ne se mettra jamais entre nous, que oui, la colombe de la paix va voler de nouveau dans le ciel azuré de notre belle école…

– Justin me taxe.

QUOI ?!?

– QUOI ?!? (Encore une fois, mes paroles sont aussi rapides que mes pensées. Ça va devenir une habitude avec toutes ces émotions !)

– Ça a commencé deux jours à peine après son arrivée. Il m'a piqué ma barre de chocolat quand je l'ai sortie à la pause. Et il m'a dit que je devais en rapporter une chaque jour, sinon…

– Sinon quoi ?

– Sinon, il me taperait.

– Tu l'as fait ?

– Oui, mais ça ne lui a pas suffi. Il m'a demandé de l'argent. Là, j'ai dit non !

– Tu as très bien fait !

– Il a répondu qu'il allait faire de la vie de Julien un enfer si je ne changeais pas d'avis.

Julien, c'est le petit frère d'Emma et, donc, mon cousin ! En général, nous ne le fréquentons pas à l'école. Ma cousine dit qu'elle le voit assez à la maison... Mais de là à le laisser en danger, c'est hors de question !

– Je pige dans mon argent de poche pour lui en donner tous les jours, poursuit Emma. Mais je ne vais pas pouvoir continuer comme ça toute l'année, je n'ai pas assez d'économies !

– T'inquiète, Emma !!! Ça va s'arrêter tout de suite !

– Qu'est-ce que tu vas faire ? demande ma cousine.

La guerre des gommes

Mais je suis déjà loin quand elle finit sa question. Je traverse la cour et me plante devant le groupe de professeures qui s'aèrent. (Eh oui, elles aussi en ont besoin !)

– MADAME SCHMIIIIITTTTTT ! Il faut que je vous parle, c'est super important.

– Pas la peine de hurler, Camille, je t'entends très bien, je suis juste à côté de toi.

Mon institutrice a raison. Une fraction de seconde, un voile sombre traverse son regard : madame Schmitt est inquiète. (Peut-être m'imagine-t-elle en train de préparer une nouvelle excursion…) Mais elle se ressaisit très vite.

– Alors, Camille, que t'arrive-t-il ? Et elle ajoute : Cette fois…

– À moi, rien ! (Véritable sourire de soulagement de mon enseignante…) C'est Emma qui se fait taxer par le nouveau. (… qui s'efface aussi vite qu'il s'est répandu.)

– Tu es sûre de ce que tu racontes ?!?

– Bien sûr !!!!! Jamais Emma n'inventerait un truc pareil.

D'accord, elle veut être actrice plus tard, mais pas au point de jouer la comédie sur un sujet aussi grave ! En plus, ma cousine ne va pas bien depuis quelque temps, son institutrice aurait dû s'en rendre compte

La guerre des gommes

et s'occuper d'elle ! Je garde toutes mes réflexions pour moi, parce que... parce que moi non plus je ne me suis pas occupée d'Emma plus tôt... et aussi parce que le temps n'est pas aux reproches mais à l'action.

Je me permets d'insister :

– Qu'est-ce que vous allez faire ?

– Je vais m'expliquer avec Justin.

Et, effectivement, madame Schmitt va chercher Justin et l'emmène dans le bureau du directeur. C'est sa collègue, madame Bossert, qui nous demande de rentrer en classe.

– Votre professeure va revenir bientôt, prenez votre livre de lecture en attendant.

Tout le monde a remarqué l'absence de Justin, mais personne n'en parle. C'est normal, la moitié de la classe est fâchée contre l'autre. Raphaële a du mal à cacher son excitation. Même si elle ne sait pas ce qui se passe vraiment, elle imagine que son ennemi est dans une situation difficile. Moi, je n'en mène pas large. Justin sera furieux quand il va revenir. Pour avoir taxé un élève, il devra quitter cette école et en trouver une autre. Il va sans doute me menacer pendant qu'il regroupera toutes ses affaires dans son sac sous l'œil du directeur. Je me convaincs de ne pas m'inquiéter : une fois qu'il sera renvoyé, il ne pourra plus m'embêter. Il suffit que Thierry m'accompagne jusqu'à la porte de l'école pendant quelques jours…

Voilà madame Schmitt et Justin qui entrent. Et Justin qui… s'assoit sous le regard noir mais consentant de notre professeure.

Mais alors… il n'est pas renvoyé ???

Mais alors… il va m'assassiner !!!

— À cause de toi, je suis privé de récré toute la semaine, siffle-t-il entre ses dents si serrées qu'on dirait des crocs acérés.

La guerre des gommes

C'est tout ?!?! C'est complètement-tout-à-fait-parfaitement injuste !!!!!!!!!

Raphaële va être contente, elle a une nouvelle recrue très motivée dans sa lutte contre le général machin !!!

(Quand même, quelle journée pourrie…)

Liste des choses parfaitement injustes dans ce monde

Par Camille

1. Cinq jours d'école pour deux jours de week-end seulement. Et il paraît que ça ne s'arrange pas après.

2. Le chocolat fourré à la fraise donne mal au ventre. Le brocoli donne bonne mine. Mais le chocolat, c'est délicieux et le brocoli, c'est dégoûtant.

3. Ceux qui déclenchent les guerres ne sont jamais ceux qui vont risquer leur vie sur les champs de bataille. (Sauf dans mon école, mais c'est un cas à part.)

4. Dans une classe, il y a environ vingt-cinq enfants et un seul adulte. Et pourtant, c'est le professeur qui fait la loi.

Chapitre 10

La voiture de Thierry garée devant l'école me rend le sourire. Non, mon beau-père n'a pas commencé sa garde rapprochée, il n'est pas encore au courant de ce qui s'est passé cet après-midi. Il est là pour m'emmener chez le vétérinaire, je vais récupérer mon Coca, lui confier tous mes malheurs, et il va me consoler comme il sait si bien le faire, surtout qu'il n'aura plus mal à la patte, ou beaucoup moins, puisque le vétérinaire va enfin pouvoir nous annoncer de quoi il souffre et le soigner. Thierry a à peine fini sa manœuvre pour stationner la voiture que je pousse la porte du bureau du vétérinaire.

– Camille, c'est dangereux de descendre avant que…, essaie de me dire mon beau-père.

– Mademoiselle, où filez-vous comme ça ? tente de s'interposer la secrétaire.

Mais je suis déjà dans le bureau du docteur. Alors ? Ce sont les ligaments, les tendons ou les muscles qui le font souffrir ?

– Camille, assieds-toi, il faut qu'on parle…

Tout de suite, quelque chose me dérange dans son ton. Il ne m'a même pas reproché d'être entrée en trombe sans frapper à la porte ! Mon Dieu, il est arrivé malheur à…

La guerre des gommes

– Coca ! Où est Coca ?

– Il est à côté, ne t'inquiète pas.

Le médecin s'absente une seconde et revient, la cage de mon chat dans les bras et mon beau-père sur ses pas. Dès qu'il m'aperçoit, Coca se met à miauler. Je le sors aussitôt de sa cage.

Comme je ne parle pas sa langue couramment, j'ai un peu de mal à comprendre ce qu'il raconte. Il dit trop de choses à la fois ! C'est un mélange de reproches de l'avoir abandonné et d'impatience de me retrouver. Mais pour que j'en sois certaine, il faudrait que le vétérinaire ne parle pas en même temps que lui. (Ce qui est assez impoli, en plus !)

– Camille, je sais que ce mot fait peur. Mais tu ne dois pas t'inquiéter, le cancer, quand il est osseux, se soigne très bien chez les chats. Bien mieux que chez les chiens.

La guerre des gommes

Cancer ? C'est bien ce que j'ai entendu ? Parce que « concert », par exemple, est un mot beaucoup moins inquiétant qui ressemble beaucoup à « cancer ». Mais les vétérinaires ne parlent pas musique, et un concert osseux, je ne pense pas que ça existe et encore moins que ça se soigne.

Coca a un cancer. La nouvelle me prend d'assaut, elle se diffuse dans tout mon corps : dans mes oreilles qui bourdonnent, dans mes yeux qui se noient, dans ma gorge qui se serre, dans mon ventre qui se noue, dans mes jambes qui flageolent. Je sens la main de Thierry qui me saisit l'épaule et m'aide à m'asseoir. Le cancer, c'est impossible ! C'est une maladie réservée aux humains, non ? J'ai souvent l'impression que mon chat est aussi intelligent que mes semblables. Mais de là à attraper nos maladies…

Le vétérinaire tente de me rassurer. Il affirme que le traitement existe, qu'il suffit pour cela d'enlever la tumeur.

Alors... Coca va guérir ? Il va guérir. Mon chat va vivre ! Il faut juste que ce gentil vétérinaire en qui j'ai tout à fait confiance l'opère et tout ira...

– On va lui amputer le membre. Mais il ne faut pas t'inquiéter, les chats vivent très bien avec une patte en moins.

Une patte en moins ? Coca va vivre avec une patte en moins ????!!!! Mais il est conscient de ce qu'il raconte, ce médecin en qui j'ai soudain moins confiance ?! Il veut couper la patte gauche de mon chat. Avec l'épaule ! Il ne s'est même pas demandé si Coca était droitier ou gaucher !

Coca se blottit dans mes bras, je suis certaine qu'il a tout saisi. Même s'il ne la parle pas, mon chat comprend la langue humaine parfaitement.

– C'est pas possible ! Vous ne pouvez pas lui faire ça ! me décidé-je enfin à lui répondre (enfin, à lui hurler...).

La guerre des gommes

– Camille, je vais être direct. Si on n'opère pas ton chat, la tumeur va se détacher de l'os et se propager dans tout son corps. Il sera mort dans un mois.

Tic tac… J'entends le compte à rebours. Coca mort dans un mois, c'est… c'est… C'est tout simplement impossible !

– Ça n'arrivera pas, me rassure Thierry. Nous allons faire soigner ton chat. Il va vivre.

C'est vrai, Coca va vivre, c'est promis ? Parce que moi, je vais mourir sans lui, c'est certain.

– Docteur, vous allez le sauver ? suppliéje.

– Nous allons tout faire pour ça. Il y a toujours un risque lors d'une opération, mais à part ce cancer, ton chat a une bonne forme physique. Il devrait très bien réagir à l'opération.

Cancer. J'ai décidément du mal à m'habituer à ce mot qui en réveille d'autres. J'essaie d'enfouir « mort », mais il reste « souffrance », « maladie » et…

La guerre des gommes

– Est-ce que mon chat va avoir besoin d'une chimiothérapie ? Est-ce qu'il va perdre tous ses poils ?

Coca sans sa superbe fourrure noire comme l'ébène, il ne le supportera jamais, même si mamie lui tricote une combinaison.

– Non, ton chat n'aura pas besoin de prendre des médicaments, à part des anti-douleurs après l'opération. Et encore, pas longtemps !

Normalement, je devrais être rassurée, mais j'ai du mal à me détendre. Je fais quand même semblant, parce que je ne veux pas affoler Coca. Il a besoin de moi. Je lui explique tout ce qui va se passer, tandis que Thierry et le docteur fixent le jour de l'intervention. Il est vraiment gentil, mon chat : je comprends à son miaulement qu'il me demande comment s'est passée ma journée à l'école. Et sa question me ramène à l'esprit le général machin et sa méchanceté.

Mais je décide de ne pas ennuyer Coca avec ça. Il a un ennemi bien plus redoutable à vaincre.

Nous voilà de retour à la maison. En remontant l'allée du jardin, nous croisons l'affreux chat roux. Je vois bien le regard moqueur qu'il lance à mon Coca. Il imagine sans doute qu'avec un adversaire à trois pattes, il va pouvoir faire régner sa loi. S'il croit que je vais le laisser faire, il se trompe ! Bébé César dans les bras, maman nous attend dans l'entrée de l'appartement. Elle écoute le récit de Thierry. Moi, je ne suis pas capable de prononcer cet affreux mot qui, ironie du sort, commence par la même lettre que les prénoms de mon chat et de mon petit frère.

Maman semble avoir oublié tout ce qu'elle me reprochait ce matin :

– Ma chérie, ne t'inquiète pas, ça va aller. Tout va s'arranger.

La guerre des gommes

Tout ? Ça m'étonnerait. Mais je m'en moque. Tout ce qui compte, c'est que Coca vive. Le reste, je verrai plus tard.

Liste de toutes les choses
qui pourraient arriver
et dont je me moque complètement

Par Camille

1. Christophe Maé pourrait sortir un nouvel album.

2. Christophe Maé pourrait donner un concert exceptionnel dans ma ville pour présenter son nouvel album.

3. Christophe Maé pourrait répéter son spectacle juste à l'heure où j'ai mon cours de danse dans le centre culturel où il jouerait le soir.

4. Christophe Maé et moi pourrions nous croiser. Je crois que je ne le verrais même pas, tellement je pense à mon chat et à rien d'autre.

Chapitre 11

– Camille, tu peux répéter ce que je viens de dire ? Camille ? CAMILLE !

Madame Schmitt a dû crier très fort, parce que j'ai entendu qu'elle venait de m'appeler. Or, depuis ce matin, je ne comprends rien à ce que les gens me racontent. J'ai un affreux bruit dans les oreilles, un schrik-schrak, celui d'une scie qui coupe la patte de mon chat… STOP ! Il ne faut pas que j'y pense. Le vétérinaire m'a bien assuré que Coca dormirait profondément, qu'il ne sentirait absolument rien, mais rien à faire, j'ai l'impression que j'entends ses instruments, que je les sens presque, comme si on s'en prenait à ma patte... euh... je veux dire à mon bras ! Si je l'expliquais à mon institutrice, elle comprendrait que j'ai du mal à me concentrer, parce qu'elle aussi aime les animaux, mais je ne peux pas, parce que, si je desserre les lèvres, même un tout petit peu, je vais me mettre à pleurer, c'est sûr, et j'ai promis à Coca que je serais courageuse. Alors j'opine juste de la tête, et madame Schmitt, qui a – j'en suis de plus en plus persuadée – le super pouvoir de lire dans les pensées, n'insiste pas.

Elle me fixe juste avec insistance en reprenant son discours :

– Donc... comme j'étais en train de l'expliquer, nous allons commencer à travailler sur le cadeau de la fête des Mères. Les enfants, j'ai un projet ambitieux pour vous : nous allons confectionner des statues.

La guerre des gommes

– En marbre ?

– En fer ?

– De la Liberté ?

Une statue de la Liberté, en cette grande période de guerre et d'oppression dans cette école, voilà qui me paraît une bonne idée. Mais ce matin, même le général machin ne me fait pas peur. Tout ce qui compte, c'est Coca…

– Nous allons travailler la glaise, nous annonce madame Schmitt, enthousiaste.

– Mais ça colle ! ronchonne Emma.

– Mais ça p… sent mauvais ! se reprend Louison.

– Mais c'est génial ! se réjouit Raphaële.

Madame Schmitt est comme beaucoup d'adultes : lorsque plusieurs personnes parlent en même temps, elle est capable d'entendre uniquement ce qui lui convient. C'est pourquoi elle annonce dans un grand sourire :

– Je suis heureuse que le projet vous plaise à ce point ! Vos mamans vont être ravies, et vous serez impressionnés de découvrir tout ce que vous parviendrez à réaliser avec de la glaise et vos dix doigts.

– Moi, je m'en moque, je ne ferai rien, bougonne Justin.

Notre professeure ne l'entend pas – ou ne veut pas l'entendre ? – et poursuit ses explications :

– Pour travailler la glaise correctement, il faut…

– J'AI DIT QUE JE NE FERAI RIEN ! la coupe Justin en hurlant.

La guerre des gommes

Et là, c'est certain, madame Schmitt ne peut pas faire comme si elle ne l'avait pas entendu. Raphaële a du mal à retenir le grand sourire qui inonde son visage. Elle essaie pourtant, pas parce qu'elle plaint le général machin qui va se faire disputer, mais parce qu'elle sait qu'il ne faut surtout pas énerver encore plus notre enseignante, qu'elle est au bord de l'explosion, que nos tympans risquent d'être percés quand elle va répondre à Justin. Lui, à coup sûr, il va passer un très mauvais quart d'heure, parce que madame Schmitt est peut-être une des institutrices les plus sympas de l'école, la plus sympa même, mais elle déteste qu'on lui manque de respect. Oui, ça va chauffer, c'est sûr, d'ailleurs ça y est, elle s'approche de Justin... et donc de moi, qui suis sa voisine. Aux abris !

– D'accord, Justin, si tu veux, tu ne feras pas de statue, ou tu en feras une qui représentera ce que tu veux, et tu la garderas pour toi.

C-C-C-Com-ment ? J'ai bien entendu, je le comprends en voyant Raphaële, qui s'est levée de stupéfaction. (Oui, levée de stupéfaction. Ça arrive parfois, on est tellement étonné que nos jambes se dressent toutes seules et on se retrouve debout !)

– Mais c'est totalement injuste !

La guerre des gommes

Mon amie et moi avons parlé d'une seule voix.

– Camille, Raphaële, ce n'est pas à vous de décider ce qui est juste ou non, nous donne comme simple justification notre institutrice…

… qui fait à cet instant une chute vertigineuse dans le palmarès des enseignantes sympas. La voilà bonne dernière, et à l'unanimité ! Même si les autres n'ont pas réagi, je vois bien à leurs yeux écarquillés qu'ils n'en reviennent pas. Y compris les sbires du général machin. Celui-là, il m'énerve de plus en plus. Et pour bien le lui faire comprendre, je sors sa dent d'alligator de mon sac d'école, je la serre entre mes mains et presse sur les deux extrémités pour la briser. Ça va être dur, mais la fureur décuple mes forces. La preuve ?!? Elle se rompt immédiatement. Ça alors, en colère, je suis encore plus redoutable que l'effroyable Hulk ! Une dent d'alligator brisée à mains nues ! À moins que… attendez un peu… C'est quoi, ce truc ? La dent est creuse !!! Soit cet alligator avait eu droit à une visite chez le dentiste et j'ai fait sauter son plombage (mais ça, c'est juste dans les livres pour enfants que j'écrirai plus tard !), soit cette dent est... en plastique. Oui, c'est ça !!!! Et ça signifie que le général machin est un imposteur !

Liste qui prouve qu'il ne faut pas
se fier aux apparences

Par Camille

1. Avant de rencontrer Jeanne, je croyais que l'adolescence rendait les filles idiotes. (Bon, je ne suis pas encore complètement rassurée.)

2. En hiver, même quand le ciel est très bleu et que le soleil brille, il fait très froid.

3. Le nouveau n'avait pas l'air australien quand il est arrivé le premier jour.

4. Depuis quelque temps, je ressemble à une fille parfaite qui n'a jamais fait de bêtises.

Chapitre 12

Le général machin est un menteur ! Enfin, c'est ce que je me dis, en examinant les deux bouts de la dent cassée, bien installée dans ma chambre avec mon chat.

Hier, quand elle s'est brisée et que j'ai découvert la supercherie, j'ai été tellement surprise que j'en ai oublié mon projet initial : envoyer au visage de Justin les morceaux brisés de notre amitié massacrée. (Je ne dramatise pas, c'est ce qu'il a fait de notre relation quand il s'en est pris à Emma et à Julien.) J'ai vite remis les morceaux dans mon sac d'école. Et je les ai oubliés.

Il faut dire que tout mon esprit était de nouveau tourné vers Coca : il était en pleine opération, je ne devais pas me laisser distraire et au contraire lui envoyer toutes mes ondes positives. La télépathie a déjà marché entre nous : Coca a très bien supporté la chirurgie. Quand maman me l'a annoncé à la sortie de l'école, j'ai fondu en larmes. Elle est venue me chercher sans Bébé César. Thierry le gardait pour qu'elle m'accompagne chez le vétérinaire. Ça m'a fait bizarre quand j'ai vu Coca dans sa cage. Il était visiblement sonné, il avait un grand pansement autour du buste et une perfusion qui sortait de sa patte avant. Celle qui lui restait. Je n'arrivais pas à détacher mes yeux de ce grand bandage blanc qui couvrait... juste sa poitrine.

La guerre des gommes

Je me demandais ce que le vétérinaire avait bien pu faire de sa patte, je mourais d'envie de lui demander de la lui recoller, parce que là, mon chat, je ne le reconnaissais pas vraiment, mais je me suis tue. Coca miaulait faiblement.

– Il t'a reconnue, Camille ! m'a réconfortée maman.

C'était vrai, mais ça ne desserrait pas cette cage invisible qui comprimait ma poitrine. Maman a caressé Coca exactement entre les yeux, comme il adore. Moi, je n'ai pas pu, je sentais mes jambes qui flageolaient. Oui, Coca était vivant, mais j'avais du mal à le reconnaître. Juste avant de ressortir de l'infirmerie des animaux, je suis revenue sur mes pas, j'ai pris une grande inspiration et je suis allée caresser mon chat :

– Je t'aime toujours autant, tu sais ! lui ai-je murmuré.

Mais je ne suis pas certaine qu'il m'ait entendue, il s'était rendormi.

Aujourd'hui, j'ai beaucoup pensé à lui. Bien sûr, à l'heure du dîner, j'ai écouté les autres commenter l'épisode « statue de glaise ». Comment madame Schmitt pouvait-elle laisser le nouveau faire ce que bon lui semblait comme ça ? Avait-elle peur de lui ? Mais j'ai vite repensé à Coca qui rentrait ce soir. J'étais impatiente de lui dire que je l'aimais « jusqu'au bout du monde

La guerre des gommes

et de la terre et du soleil et jusqu'au bout des étoiles », comme je lui fredonne souvent. (Non, ce n'est pas une chanson de Christophe Maé, c'est un texte que j'ai inventé rien que pour Coca et moi.)

Thierry m'attendait à la fin des cours. Nous sommes partis ensemble chez le vétérinaire. J'ai bien vu que sa bouche se tordait quand il a composé le code de sa carte bleue pour payer l'intervention chirurgicale. Mais il m'a adressé tout de suite un grand sourire. Ma bouche s'est tordue aussi quand j'ai découvert mon chat sans son bandage : il a été rasé sur tout le haut de son corps, sauf sa tête bien sûr, pour des questions d'hygiène. Ça fait vraiment bizarre… Je crois que ça me dégoûte un peu. En faisant attention de ne surtout pas toucher la zone sans poil, j'ai pris Coca dans mes bras et je ne l'ai plus lâché jusqu'à la maison.

Il est en forme, mon chat ! C'est impressionnant, quand on pense qu'hier seulement on lui coupait la patte à la sc… STOP ! Je ne veux pas imaginer la scène. Je lui ai installé un petit coin dans ma chambre au niveau du sol, parce qu'il n'est pas en état de monter sur mon lit. Je suis même allée prendre la petite couverture toute douce qui est dans le lit de Bébé César. Maman va sans doute grogner, mais je suis certaine que mon petit frère, lui, ne m'en voudra pas : il comprendra que mon chat a besoin de beaucoup de douceur. Coca refuse de rester couché, il marche, enfin plutôt il boite, d'un bout de la pièce à l'autre. Alors, pour le calmer un peu, je lui raconte ce qui s'est passé en classe, hier. Et comme il ne m'écoute pas, je lui montre la dent cassée. Ça, ça devrait l'intéresser, non ?

– Coca, je suis certaine que le général machin nous cache des trucs !

– Miou-ou, me répond Coca.

(Ce qui, en langage félin – ça je le sais ! – est un résumé pour : « Attention, Camille, tes enquêtes t'apportent toujours des soucis.

La guerre des gommes

Je te rappelle que tu voulais être parfaite. »
Oui, la langue de chat est impressionnante,
on y exprime beaucoup de choses en très
peu de sons.)

Je veux soumettre ma fausse dent au vrai
flair de Coca, et je l'attrape pour lui mettre
l'objet sous le museau. Je prends soin bien
entendu de ne pas toucher sa cicatrice, mais
ma main se pose quand même sur sa peau
nue. C'est une étrange sensation, c'est doux,
mais autrement que sa fourrure, et surtout,
c'est tout chaud. Oui, même comme ça,
mon chat me plaît, je le trouve beau ! Je le
jure ! Pourquoi ai-je besoin de le jurer ? C'est
compliqué…

– Mia-ah, m'explique Coca.

Et je suis bien obligée de reconnaître qu'il
a raison. J'ai du mal à m'habituer à… à…
à son handicap, il n'y a pas d'autre mot. Il
faut appeler un chat un chat, et le mien est
handicapé.

Je range la dent. Demain, c'est samedi. J'inviterai Raphaële et Emma, et je leur livrerai mes doutes. Pour l'instant, j'ai une grosse livraison de câlins à apporter à mon Coca.

Liste imaginaire d'animaux handicapés
et des conséquences sur leur vie

Par Camille

1. Dans la savane, un lion aveugle et rachitique se désespérait : les lionnes revenaient toujours bredouilles de la chasse à la gazelle. Il ne voyait pas le sang frais qui dégoulinait de leurs babines. Ces dames se goinfraient en douce !

2. Un chien qui n'avait aucun flair ne comprenait pas que ses croquettes aient régulièrement un goût étrange. Il ne sentait pas que le chat de la maison urinait dans sa gamelle pour se venger chaque fois que le chien lui avait aboyé après.

3. Une girafe naine, qui avait un tout petit cou, a longtemps cru qu'elle était un lama à poil court et qu'elle se trouvait en Afrique tout à fait par hasard. Elle

s'était même mise à cracher sur ses sœurs girafes.

4. Une panthère noire albinos a fini par émigrer au pôle Nord, pour se fondre (c'est une image !) sur la banquise au milieu des ours blancs.

Chapitre 13

Officiellement, Raphaële et Emma sont là pour voir Coca, sans trop le fatiguer parce qu'il est encore convalescent, parce que « vraiment, maman, je te jure, mes amies étaient très inquiètes pour lui, pas autant que moi mais pas loin quand même » ! Maman qui ne veut pas trop de monde (c'est-à-dire trop de bruit) l'après-midi pour que Bébé César puisse faire la sieste (et qu'elle aussi puisse dormir, mais ça, elle ne l'avouera jamais) a quand même accepté que mes amies viennent.

– Tu les guetteras par la fenêtre pour qu'elles ne sonnent pas, et vous ne ferez pas trop de bruit, m'a-t-elle demandé.

Pour être discrètes, mes copines sont discrètes ! Il faut dire que Raphaële n'est pas revenue à la maison depuis « l'épisode papapillon ». Emma, elle, ne peut pas s'empêcher de rougir chaque fois qu'elle voit ma mère.

Nous nous réfugions rapidement dans ma chambre.

– Beurk, ça sent vraiment mauvais ! s'exclame Raphaële.

– C'est pas vrai ! rétorqué-je. J'ai aéré ce matin.

Si je me vexe, ce n'est pas parce que je pense que Raphaële critique mon odeur

La guerre des gommes

tout comme son meilleur ennemi, le général machin. Je sais qu'elle fait allusion à cet étrange parfum, mélange de médicaments, de croquettes pour chat et de litière, qui flotte dans la pièce.

— Ta chambre ressemble à un vrai hôpital, commente d'ailleurs Emma. Dis donc, ça fait vraiment bizarre de voir Coca comme ça.

Sa remarque, pas méchante pourtant, m'énerve ! Une petite voix dans ma tête (tiens, ça faisait longtemps que je n'avais pas entendu Camille-la-sage !) me rappelle que moi aussi, j'ai eu du mal à m'habituer. Alors je décide de changer de sujet :

— Il faut que je vous raconte un truc sur le général machin.

Aux yeux écarquillés de mes amies, je comprends que ma révélation en est vraiment une. Et je me rends compte que je vais devoir renoncer à mon vœu pourtant sincère de rester à jamais une fille parfaite

et irréprochable : une enquête s'impose !
Je rassure la voix dans ma tête, ça va être
une petite enquête de rien du tout, une
« enquêtinette ». (Je sais que le mot n'existe
pas, mais il rassure Camille-la-sage.)

– Il faudrait réussir à parler à quelqu'un
de sa famille, commence Raphaële.

– Je crois qu'il n'a pas de frère ou de sœur
dans l'école, poursuit Emma.

– Heureusement, parce qu'on en a assez
d'un comme ça ! s'esclaffe Raphaële.

Et sa blague nous fait bien rire !

– On peut questionner ses parents,
proposé-je.

– C'est une bonne idée, commente
Emma. Mais franchement, je ne m'imagine
pas sonnant chez lui.

– Pas besoin d'y aller ! la rassure
Raphaële. Il suffirait d'un coup de téléphone.

La guerre des gommes

– Ça, pas de souci ! affirme Emma.

Raphaële et moi n'en doutons pas, nous connaissons bien les talents d'actrice téléphonique de ma cousine, elle nous les a déjà montrés ! Ces souvenirs doivent revenir à l'esprit d'Emma, car elle ajoute, presque honteuse :

– Faudra juste faire attention à ne pas se faire prendre !

– T'inquiète pas ! Moi non plus, je ne veux plus avoir d'ennuis, confirmé-je.

C'est la vérité. Ce qui est vrai aussi, c'est que toutes mes bonnes résolutions de fille parfaite sont en train de partir en fumée. Je les sens flotter au-dessus de ma tête, monter dans le ciel. Philosophe, je me convaincs que la perfection, ce n'est pas pour moi. Je suis une écrivaine aventurière, pas une sainte ! Il faut de tout pour faire un monde, comme le répète Thierry chaque fois que maman lui demande comment il peut aimer les grosses motos bruyantes et polluantes.

– Est-ce que vous vous souvenez des fiches d'information que nous avons remplies en début d'année ?

Bien sûr que je m'en souviens, j'étais tellement heureuse d'inscrire sur la ligne « Frères et sœurs » le prénom de mon frère ! Je me rappelle même que j'ai pris un stylo doré exprès… Mais ce n'est sûrement pas ce qui intéresse Raphaële.

– Madame Schmitt a rangé toutes ces fiches dans son classeur. Et ce classeur est dans son bureau ! On devrait y trouver tous les numéros de téléphone.

– Tu oublies un truc important, l'interrompt Emma. Elle ne va pas nous le prêter pour qu'on le consulte tranquillement.

– Alors nous le ferons en cachette ! Parfois, la fin justifie les moyens, tranché-je, décidément très philosophe aujourd'hui. (En réalité, depuis que j'avais lu cette phrase dans un roman de ma maman, je rêvais de la replacer dans une conversation !)

La guerre des gommes

– C'est une super idée ! conclut Raphaële, tout en sursautant.

Une réaction suffisamment étrange pour que je lui demande des explications :

– Si c'est génial, pourquoi tu as l'air aussi effrayée que si un vampire venait d'entrer dans ma chambre ?

– C'est Coca !

Coca ! Qu'est-ce qui arrive à mon pauvre Coca ?! J'ai dû le demander en criant, car mes amies me regardent bizarrement.

– Rien, me rassure Raphaële, c'est juste que...

– Que quoi ?

– Qu'il s'est levé et qu'il a marché...

– Et alors ?

Franchement, oui : qu'est-ce qu'il y a de bizarre à ça ?

– Ben… sur ses trois pattes, ça fait vraiment drôle…

– Ça te fait rire ? rétorqué-je (vexée, je dois bien l'admettre).

La guerre des gommes

– Non, ce n'est pas rigolo, c'est juste…, bafouille Raphaële.

– Étrange ! (Emma vient à la rescousse de notre amie.) J'ai déjà vu des humains handicapés, mais jamais un animal.

– Et alors, ça reste Coca ! m'indigné-je.

Et là, mes deux amies, mes deux meilleures amies, les deux filles pour qui je décrocherais la lune (oui, oui, je vous assure !) répondent en chœur, sans même s'être concertées avant :

– C'est Coca, oui. Mais avec une patte en moins !

Opération vol du numéro de téléphone
du général machin pendant la récréation

Par Camille

1. Emma, aidée par Léo-Paul, va retenir l'attention des professeurs en racontant que Léo-Paul a perdu dans les toilettes des garçons une araignée d'une espèce rare et dangereuse (style tarentule) et qu'elle est sur le point de pondre des œufs et que toute l'école va être infestée et peut-être la ville aussi. Emma doit jouer le rôle de l'héroïne paniquée, Léo-Paul celui du scientifique qui va sauver le monde.

2. Raphaële et moi profiterons de la diversion pour entrer dans la salle de classe, trouver le classeur et la fiche, et apprendre le numéro par cœur.

3. Pendant ce temps, Louison mènera une attaque avec lancers de gommes à effacer contre les

troupes ennemies, afin que tous les adultes soient occupés dans la cour.

Remarque : il a fallu mettre Léo-Paul et Louison au courant de nos doutes sur le général machin et de notre projet, mais nous pouvons leur faire confiance.

Chapitre 14

Ce n'est pas facile d'écrire en tout petit, mais j'essaie d'être la plus discrète possible. Je risque d'avoir de gros ennuis si des yeux indiscrets se perdent dans mon journal et tombent sur ces pages. Surtout si ces yeux appartiennent à ma mère ou à madame Schmitt, ou encore au directeur de l'école. (Je rappelle – et souligne – que <u>ces deux derniers n'ont rien à faire dans ma chambre</u> et que <u>ma mère ne doit pas lire mon journal si elle veut demeurer une mère cool</u>.)

Je renonce, je n'y arrive pas. Il faudrait que je trouve une astuce pour écrire la vérité… sans qu'elle ressemble à la vérité ! J'ai une idée… Imaginons que, pour changer, je raconte dans ce journal une histoire complètement inventée.

Il était une fois (je penche l'écriture, ça fait plus « conte de fées ») *trois gentilles fées très belles et très intelligentes qui s'appelaient Camille, Raphaële et Emma. Ces trois fées vraiment adorables veillaient à la paix et au bonheur des habitants du petit village où elles vivaient au cœur de la forêt magique.* (Absolument aucun lien avec des personnes ou des lieux existants, comme ils l'écrivent parfois au début des films.) *Or, un affreux gnome semait depuis peu la discorde dans le village. Il cherchait à dépouiller les paysans les plus faibles, insultait les dames en leur disant qu'elles ne fleuraient pas bon. Il affirmait venir d'une terre si lointaine que seuls ceux qui savaient voler pouvaient s'y rendre. Les trois fées, qui pourtant détestaient penser du mal des autres, avaient une étrange intuition : ce nouvel habitant, qui prétendait*

La guerre des gommes

se nommer sir Justin, mentait. C'était surtout la fée Camille qui le soupçonnait. Sir Justin lui avait offert un talisman, et la fée, en utilisant sa baguette magique, avait découvert que c'était un vulgaire objet sans pouvoir. (OK, ça ne s'est pas passé comme ça, mais je rappelle que je suis en train d'INVENTER une histoire ; j'ai le droit de l'arranger comme je veux.) Pour en avoir le cœur net, les trois fées, qui n'aimaient pas accuser à tort, décidèrent de consulter en cachette le « registre de la vie » où le grand sorcier consignait les secrets des habitants. Fée Emma s'arrangea donc pour retenir toute son attention, en dansant pour lui une jolie tarentelle. Le ménestrel Léo-Paul l'accompagna au tambourin. Au son de sa musique, des serpents sortirent de sa besace, descendirent sur le sol et se mirent eux aussi à onduler, sous les regards émerveillés du grand sorcier (qui en avait pourtant déjà vu beaucoup) et des habitants. (Je décide de ne pas raconter l'attaque des gommes, parce que ça casserait l'ambiance de cette scène champêtre.) Pendant ce temps, les fées Raphaële et Camille, d'un coup de baguette magique, se *télétransportèrent* (si on a des instruments magiques, autant s'en servir. Ça nous aurait été bien utile dans la vraie vie !) *dans ~~la classe~~ la salle du grand sorcier.*

Elles consultèrent le « registre de la vie » et y trouvèrent le nom de la mère de sir Justin. Elles furent très étonnées de découvrir que cette femme ne portait pas le même nom de famille que son fils. (Tellement estomaquées en réalité que Raphaële a crié, et que j'ai bien cru qu'on allait se faire remarquer !) *Elles retinrent son adresse par cœur et décidèrent de lui envoyer un message via pigeon voyageur.* (Baguette magique ou pas, il n'y avait pas de téléphone au temps des fées et des seigneurs.) *Fin de l'histoire, même si les fées ne se marièrent pas et n'eurent pas beaucoup d'enfants, sans doute parce que ce sont des fées justement.*

J'ai bien cru qu'on n'allait jamais réussir à retrouver le numéro de Justin.

La guerre des gommes

Pour que nous soyons certaines de ne pas avoir de problème, Raphaële devait apprendre les premiers chiffres et moi, les derniers. Sur le coup, ça nous a paru très facile. Mais quand il a fallu les redonner à Emma, ça s'est compliqué !

Nous y sommes finalement arrivées en nous concentrant, et Emma peut entamer maintenant la phase B de notre plan. (Ça, je peux l'écrire sans me cacher, après tout, ce n'est qu'un coup de téléphone…) Une fois encore, nous nous retrouvons chez ma cousine après l'école, une fois encore soi-disant pour travailler l'anglais, et une fois encore elle pique le téléphone de sa sœur Albane. Cette fois, c'est moi qui suis chargée de distraire ma grande cousine. Elle est tellement accro à son portable qu'elle va remarquer tout de suite sa disparition. Heureusement, elle est aussi très gentille et, quand je lui demande comment elle réussit à se mettre du mascara sans jamais le faire couler, elle accepte de m'expliquer.

– Ta mère veut bien que tu te maquilles ? me demande-t-elle d'abord, suspicieuse.

– Non, mais elle n'est tellement pas douée pour mettre le sien que je préfère prendre des cours avec des expertes avant qu'elle accepte de m'en donner.

La guerre des gommes

Au sourire gêné de ma cousine, je comprends qu'elle a déjà remarqué ce point faible de ma maman... Décidée à ne pas laisser la malédiction toucher la génération suivante, Albane se lance dans un cours si passionnant sur l'art des superpositions de couleurs sur les paupières que je finis par en oublier pourquoi je l'ai interrogée, et je regrette qu'Emma vienne nous interrompre. Aux oreilles de ma jeune cousine qui s'agitent toutes seules, je me ressaisis vite : Emma contient difficilement son émotion, elle doit avoir un truc énorme à me raconter.

Et en effet.

C'est énorme.

Incroyable.

*UNBELIEVABLE** ! s'exclamerait carrément le président Obama s'il l'apprenait. Mais on ne va pas le déranger, il est toujours

---

* Incroyable.

très occupé. (Je laisse le mot du président en version originale, ça prouve que nous ne faisons pas seulement semblant de travailler notre anglais. En plus, je ne sais pas si monsieur Obama parle français, je ne lui ai pas encore écrit.)

La maman du général machin non seulement n'a pas le même nom que lui (ça, ce sont des choses qui arrivent ; moi, je n'ai pas le même nom de famille que Bébé César), mais en plus, elle a affirmé que :

1. Elle n'a jamais vécu en Australie. (Serait-il parti avec son père ?)

2. Aucun membre de sa famille n'a jamais vécu en Australie. (Il y est peut-être allé en vacances...)

3. Justin n'a jamais quitté le pays, personne de sa famille n'a jamais quitté le pays.

Alors là... Quelle révélation ! Je suis fière de ma cousine qui a pensé à poser toutes les questions nécessaires, pour bien vérifier son information.

Le général machin n'a jamais mis les pieds en Australie.

C'est un menteur. Un affreux moche menteur.

Et nous l'avons démasqué…

Liste de raisons qui font raconter qu'on a vécu au bout du monde quand ce n'est même pas vrai

Par Camille

1. On a super méga hyper peur de prendre l'avion, le bateau, le train ou la voiture, alors on fait croire qu'on n'en a pas besoin, qu'on a déjà tout vu.

2. On a rêvé qu'on chassait l'alligator en Australie, et le rêve semblait si réel qu'on a cru qu'on y était vraiment allé.

3. On est un menteur manipulateur méchant et imbécile et on croit que les élèves de notre nouvelle classe vont avaler des idioties pareilles ! (Dans ce cas-là, « on » va sérieusement déchanter.)

Chapitre 15

Oh là là, le général machin est vraiment de mauvaise humeur ! Je viens de le voir donner à Guillaume, qui ne s'écartait pas assez vite pour le laisser entrer en classe, un méchant coup de coude dans le ventre. Et pourtant, Guillaume est son plus fidèle lieutenant ; il est même le premier à être passé « du côté obscur de la force », pour reprendre une formule utilisée dans un autre conflit, plus célèbre celui-là. (C'était une guerre des étoiles, pas des gommes, mais il y avait aussi d'un côté les très gentils et de l'autre un affreux méchant.) Pauvre Guillaume ! Même si, l'autre jour, il m'a marché sur le pied exprès pendant le cours d'éducation physique, je le plains. Il a l'air de souffrir. Mais qu'il se rassure : son supplice va bientôt se terminer.

Pendant la pause, nous allons convoquer tous les élèves de notre classe dans la cour et Raphaële va révéler l'énorme secret du général machin. Ses troupes vont l'abandonner et nous allons accepter l'armistice parce que, même si nous sommes prêts à prendre les gommes pour défendre nos droits, nous sommes des pacifistes dans l'âme. Guillaume va s'apercevoir de son erreur, nous demander pardon et nous accepterons ses excuses. Nous avons même décidé de ne pas être trop dures avec le général machin, s'il accepte de signer des aveux complets de ses méfaits et de ses mensonges, et s'il accepte de ne plus jouer avec personne jusqu'à la fin

La guerre des gommes

de l'année. (La sentence peut sembler sévère à première vue, mais les faits reprochés sont graves ! Nous avons donc décidé de le condamner à une forme d'exil.)

Il nous faut quelques minutes à peine pour regrouper la moitié des élèves de notre classe dès le début de la pause. Les troupes du général machin tardent à se décider. Il faut dire que leur chef, privé de récré pour taxage, n'est pas là et que les malheureux, habitués à suivre les ordres de sir Justin-le-dictateur, ne savent plus prendre une décision tout seuls. (Bon, dans notre camp, ce n'est pas toujours la démocratie non plus ; Raphaële impose aussi ses règles – elle a choisi toute seule les mots de passe, par exemple. Mais elle nous écoute quand même !) Heureusement, Léo-Paul a une idée, qui nous surprend au début mais qui est brillante : il enlève son blouson, son chandail, puis son t-shirt. Il remet vite son chandail et son blouson, file dans le local d'entretien et ressort avec le balai utilisé pour balayer les feuilles mortes. Il y accroche son t-shirt blanc et le brandit en guise de drapeau, signal mondialement connu (donc, ici aussi) de trêve. Les autres finissent par nous rejoindre et Raphaële peut commencer son récit.

La guerre des gommes

Même certains de notre camp ont du mal à nous croire. Alors je montre la fausse dent cassée et n'hésite pas à la faire circuler. Je vois Flora qui mord dedans pour vérifier que c'est vraiment du plastique… comme si elle connaissait la saveur des vraies dents d'alligator !

– Il y a un truc qui m'a tracassé tout de suite, intervient Léo-Paul. Alors j'ai fait des recherches. Je n'ai pas osé vous dire ce que j'avais trouvé, de peur que Justin s'en prenne encore à une de mes araignées, mais maintenant je peux vous assurer que les alligators, on les trouve en Floride et dans les Caraïbes, pas en Australie. En Australie, ce sont des crocodiles.

Comme notre camarade de classe est un expert en animaux, nous le croyons ! Il nous explique que les deux races se différencient facilement, notamment parce que l'un ouvre sa gueule vers le haut, et l'autre vers le bas. Je continuerais bien de l'écouter, parce que je trouve son exposé improvisé en pleine cour de récré très intéressant, mais Raphaële tire sur ma manche pour m'emmener à l'écart.

– Tu as remarqué que Justin n'était pas là ? me demande-t-elle.

– Je te rappelle qu'il est privé de récréation à cause de moi. En plus, il a dû comprendre que nous allions raconter la vérité. C'est pour ça qu'il était si énervé, ce matin, et qu'il s'est défoulé sur Guillaume. Quand il va savoir que c'est fait, il va se cacher et attendre la fin de la journée.

– Ce n'est pas son genre, insiste Raphaële. Le général machin ne rendra jamais les armes sans tenter une dernière offensive, même s'il sait qu'il y perdra ses troupes. Il manigance un sale tour, je le sens…

Là, je pense que mon amie exagère. Que son registre lexical (c'est du jargon d'écrivain, ça veut dire les mots qu'elle emploie) est très militaire, ce qui prouve bien qu'elle

La guerre des gommes

est vraiment en guerre contre Justin. Et que c'est une bonne chose que nous l'ayons démasqué. Quand il aura de nouveau le droit de venir à la pause, il ne sera plus considéré comme un chef et tout va rentrer dans l'ordre.

Pour l'instant, la sonnerie retentit, et c'est nous qui rentrons.

En classe.

Une classe… pas du tout en ordre, elle.

C'est Églantine qui donne l'alerte. C'est encore elle qui est entrée la première dans la classe. (Sous prétexte qu'elle a un prénom français et rare, même là-bas, elle veut toujours être la première dans les rangs.)

– Nos statues ! Nos statues de glaise sont écrasées sur le sol !

– Elles sont toutes cassées, précise Flora qui marchait sur ses pas.

Flora a elle aussi un prénom original et qui a un rapport avec les fleurs. Du coup, elle ne quitte jamais Églantine. Et comme elle veut être poète plus tard, elle complète chaque phrase de son amie par une réponse qui rime…

Dans ce journal, je peux être honnête. La destruction de ma statue n'est pas une catastrophe. J'avais essayé de représenter ma maman au plus près de la vérité… et je ne suis pas certaine qu'elle aurait apprécié le ventre rebondi que je lui avais modelé. Et puis, je n'arrivais même pas à faire tenir un bébé dans ses bras. Mais je suis solidaire de mes camarades et je me demande quelle tornade a bien pu s'abattre sur la salle de classe. Raphaële, elle, a déjà son idée : ce n'est pas une tornade, mais un ouragan. L'ouragan Justin. Et effectivement, lui qui est censé passer la pause à lire dans la classe n'est pas là, pas plus que madame Schmitt.

– Les enfants, votre institutrice est dans le bureau du directeur avec votre camarade

La guerre des gommes

Justin, nous annonce madame Bossert, qui, cette fois, ne cherche même pas à nous faire asseoir et travailler.

Elle nous laisse « errer comme des âmes en peine sur les ruines de l'expression de notre art assassiné ». La formule n'est pas d'elle, mais de Flora, complètement effondrée. Raphaële, elle, ne se laisse pas abattre :

– Camarades, c'est encore Justin qui a fait le coup! Mais il ne doit pas s'en tirer impuni, cette fois-ci.

Aux cris qui accompagnent la tirade de mon amie, je comprends que l'heure est grave. La révolution est en marche : aux gommes, citoyens !

Liste des plus belles statues détruites par l'ignoble Justin et de ce qu'elles représentaient

Par Camille

1. Flora avait réussi à sculpter une rose qui s'ouvrait sur le visage de sa mère. (Je comprends qu'elle soit vraiment super triste de sa destruction !)

2. Léo-Paul avait modelé une mouche et inscrit un « m » comme maman sur une aile, un L et un P pour Léo-Paul sur les deux autres, et un cœur sur la dernière. Bon, c'était assez particulier comme déclaration d'amour, mais sûrement très sincère.

3. Raphaële avait représenté sa mère avec la torche de la statue de la Liberté dans la main. Quand mon amie a une idée en tête, elle est incapable de penser à autre chose.

4. C'est tout. Les autres ont été détruites avant que je puisse vraiment les admirer...

Chapitre 16

Finalement, nous savons très bien nous débrouiller en classe sans professeur. Pour s'en convaincre, il suffit d'observer mes camarades en action. Une équipe de sauveteurs-déblayeurs se charge de nettoyer les ruines. Nous avons peu d'espoir de retrouver des survivants, mais ils travaillent avec acharnement et courage. Quelques enfants se sont improvisés enquêteurs.

Comme les vrais experts policiers des séries télévisées, ils relèvent des indices qui prouveront la culpabilité du général machin. Par exemple, il y a des empreintes de chaussures dans la poussière. Raphaële, qui dessine très bien, en fait rapidement un croquis puisque pas un de nous n'a pensé à apporter un appareil photo, ce matin. (Ce qui est normal.) Les anciens adeptes du général machin sont spontanément passés aux aveux. Guillaume raconte à Emma qu'il avait commencé à ennuyer des enfants des plus petites classes en leur piquant leur collation.

Quand madame Schmitt revient dans la classe, suivie de près par un Justin penaud, il y a de l'agitation, mais pas de chahut. Je vois à son visage qui s'illumine qu'elle est agréablement surprise de constater que la salle a été nettoyée. D'ailleurs, elle nous en félicite. Puis elle se retourne, son regard se pose sur Justin et s'assombrit de nouveau.

– Justin, as-tu quelque chose à dire à tes camarades ? lui demande-t-elle.

La guerre des gommes

Tous ceux qui connaissent bien madame Schmitt comprennent que ce n'est pas une question mais un ordre ! Même le général machin perçoit le message.

– C'est moi qui ai cassé vos statues, avoue-t-il. Je suis vraiment désolé, je sais que vous y avez passé beaucoup de temps, et que c'était important pour vous de faire plaisir à vos… vos… mamans.

Il doit vraiment se sentir coupable s'il a du mal à prononcer le mot « maman ». Avec « papa », c'est quand même le premier que tout le monde dit, non ? (Même si ça ne m'étonnerait pas que Bébé César babille en premier un joli « a-mi-ye », traduction en langue bébé de mon prénom.)

– C'est bon, Justin, tu peux aller t'asseoir. Nous avons déjà suffisamment perdu de temps avec cette histoire. Sortez vos cahiers de scien…

Madame Schmitt n'a pas l'occasion de finir sa phrase.

– Comment ça, « c'est tout » ? Mais ce n'est pas tout du tout !

Léo-Paul a littéralement bondi de sa chaise, et il n'est pas le seul.

La guerre des gommes

– Il ne va quand même pas s'en tirer une fois encore sans le moindre problème. C'est totalement injuste !

– Et inacceptable, précise Emma.

– INACCEPTABLE ! reprennent d'une seule voix tous les élèves.

Justin, qui vient de s'asseoir à côté de moi, se relève. Il veut en découdre ? Il ne va pas être déçu. Il balaie la classe du regard, ouvre la bouche, prêt à nous envoyer la réplique qui doit nous couper le souffle. Mais il ne nous impressionne plus, l'australo-baratineur. Qu'il attaque, nous sommes prêts à riposter !

Il prend une grande respiration et… éclate en sanglots.

– Qu'est-ce qui lui arrive ? demande Léo-Paul.

– Pourquoi il pleure comme ça ? insiste Raphaële. On n'a même pas commencé à lui régler son compte !

Une vague d'approbation traverse les rangs.

– Les enfants, du calme ! intervient madame Schmitt. Ce n'est pas si simple que ça.

Oh si, c'est très simple. Le général machin a encore fait une énorme bêtise. (J'ai très envie d'utiliser un autre mot qui commence par « co » et qui finit par « nnerie » mais je fais de gros efforts pour rester une écrivaine polie.) Une fois de plus, Justin va s'en sortir sans trop de problèmes. Quelques larmes, et hop, on efface tout ! Je suis curieuse d'entendre ce que son avocate-institutrice a à dire pour sa défense. Qu'elle n'espère pas m'amadouer facilement !

– Les enfants, je suis parfaitement cons-ciente que Justin a eu un comportement inacceptable à plusieurs reprises.

La guerre des gommes

Ah, quand même !

– Mais…

Comment ça, « mais » ?

– … avant de le juger, je vous demande d'écouter ce que j'ai à vous dire. J'ai bien entendu Justin se vanter de ses soi-disant aventures en Australie. Je savais que c'était faux et j'aurais sans doute dû intervenir. J'ai eu tort de me taire.

(« <u>J'ai eu tort de me taire.</u> » Madame Schmitt n'a pas répété sa phrase, mais un adulte, professeur en plus, qui reconnaît ses torts, c'est suffisamment exceptionnel pour être souligné !)

– Si j'ai été si tolérante avec Justin, c'est parce que ce garçon a une histoire difficile.

Notre institutrice se tourne alors vers le général machin :

– Justin, veux-tu parler à tes camarades, ou préfères-tu que je le fasse ?

– C'est mieux si c'est vous, lâche le garçon en s'essuyant les yeux. Moi, ils ne voudront plus me croire…

– Votre camarade ne vit pas avec ses parents. Il n'a jamais connu son père.

Là, je remarque que Raphaële tressaille. Cette histoire de papa, ça la touche. Emma, protectrice, pose une main sur son épaule.

– Sa mère, qui n'avait que seize ans quand il est né, n'a jamais réussi à bien s'occuper de lui. Justin a été placé en famille d'accueil.

Mais c'est… horrible !

– Justin a vécu dans plusieurs familles d'accueil. Chaque fois que sa maman a déménagé, on l'en a changé pour qu'il ne soit pas loin d'elle.

La guerre des gommes

– Pourquoi il n'a pas été adopté ?

Cette fois, c'est moi qui ai interrompu madame Schmitt, sans même lever la main. Notre institutrice ne me dispute même pas, alors qu'en temps normal, elle déteste ça.

– Les enfants, tout ça est compliqué et ne nous regarde pas vraiment, conclut-elle, d'une voix gênée.

En écoutant la remarque de madame Schmitt, je prends conscience que ça ne doit pas être agréable pour Justin de voir (enfin, d'entendre !) sa vie déballée comme ça. C'est pourtant lui qui continue :

– Il y a une semaine, c'était mon anniversaire…

– Mais pourquoi tu ne l'as pas dit ? demande Guillaume.

– Je ne sais pas, reconnaît Justin. J'espérais que ma mère viendrait me voir, mais j'ai juste reçu une carte postale. C'est pas vraiment une excuse, mais c'est pour ça que je me suis déchaîné sur vos statues.

Raphaële se tortille maintenant sur sa chaise :

– Justin… Comment on peut être certains que tout ça est vrai ? Que ce n'est pas un autre de tes mensonges ?

C'est notre professeure qui répond, en regardant mon amie droit dans les yeux :

– Raphaële, je crois que tu savais déjà que Justin ne vit pas avec ses parents…

Et Raphaële baisse les yeux…

– Tu as parlé avec sa mère. Toi ou une de tes complices…

Là, c'est Emma et moi qui rougissons.

– C'est la mère de sa famille d'accueil qui m'a raconté toute l'histoire de Justin,

La guerre des gommes

poursuit madame Schmitt. Lui n'aime pas beaucoup en parler.

Franchement, je le comprends ! Ça ne doit pas être facile d'expliquer que votre père a filé avant votre naissance et que votre mère ne vient pas vous voir à votre anniversaire. Je m'aperçois soudain que le plus triste, c'est que Justin n'a pas trouvé dans l'école un ou une véritable ami(e) à qui il aurait pu se confier. La nouvelle Camille, soi-disant parfaite, a manqué sa mission en beauté !

Liste des remarques de mes camarades
qui s'imaginent vivant loin de leur maman

Par Camille

1. Léo-Paul est persuadé qu'aucune famille d'accueil, aucun grand-parent, oncle ou tante n'accepterait qu'il garde des araignées, des cloportes, des mouches et des limaces dans sa chambre. Sa maman râle souvent, refuse de faire le ménage dans la pièce, mais Léo-Paul pense qu'il a quand même beaucoup de chance.

2. Louison ne pourrait jamais se passer du gratin de pommes de terre de sa maman. Et même si, régulièrement, il est trop brûlé parce que sa maman est restée trop longtemps au téléphone, ça lui donne peut-être un goût encore meilleur. Oui, Louison est une veinarde !

3. Raphaële trouve que finalement la tunique que sa maman lui a confectionnée en utilisant les anciens

rideaux de sa chambre est très réussie. Elle ne s'explique pas pourquoi elle s'est fâchée autant en apprenant qu'elle n'aurait pas celle qu'elle avait repérée dans une boutique. Raphaële assure qu'elle a la meilleure maman de la Terre.

Chapitre 17

Notre camarade (je n'ai plus envie de l'appeler le général machin) demande s'il peut aller voir l'infirmière de l'école. Normalement, elle soigne les petits bobos, comme les genoux égratignés. Mais elle est très douée aussi pour panser les chagrins, alors madame Schmitt dit oui. Une fois Justin sorti, elle propose que nous discutions encore de cette histoire, et surtout que nous disions ce que nous ressentons. C'est bizarre, nous avons le droit de dire vraiment tout ce que nous pensons, sans nous faire disputer. À condition, bien entendu, d'utiliser un « registre de vocabulaire correct ». En résumé, pas de gros mots, même pour exprimer toute notre colère. Chacun confie à madame Schmitt et aux autres les petites misères que Justin lui a infligées. C'est terrible de constater que même ceux de son camp étaient maltraités ! Bizarrement, plus nous racontons les méchancetés de Justin, plus notre rancœur à son égard s'atténue. Comme si nous avions décidé, sans nous consulter, de tout sortir de nos cœurs pour bien nettoyer. (C'est une image ! La classe est méga propre maintenant !)

– C'est étrange, je ne ressens plus de haine envers lui, ou presque plus, finit par reconnaître Raphaële. Je le plains, maintenant.

– Moi aussi ! reprend Emma.

« Moi aussi ! » Les deux mots retentissent comme un écho dans toute la salle.

La guerre des gommes

– Je suis très fière de vous, commente madame Schmitt. Il faut vraiment être à la fois généreux et réfléchis pour dépasser votre rancœur comme vous venez de le faire. Une fois encore, je suis désolée de ne pas vous avoir fait confiance plus tôt : vous étiez tout à fait capables de comprendre ce qui se passait avec Justin.

– Madame ?

– Oui, qu'y a-t-il, Léo-Paul ?

– Je ne sais pas ce que le directeur et vous, vous allez décider, mais moi, je suis d'accord pour que Justin revienne avec nous… tant qu'il arrête de faire son général machin.

– Son général quoi ? demande madame Schmitt, mais nous remarquons tous que le surnom lui a arraché un sourire.

– Moi aussi, je trouve qu'il a droit à une nouvelle chance, affirme Églantine.

– Je suis d'accord avec Églantine, renchérit Flora.

Ça n'étonne personne : Flora est toujours du même avis qu'Églantine.

Justin n'est pas revenu en classe. La maman de la famille d'accueil est venue le chercher chez l'infirmière. Il paraît que c'est son métier. C'est bizarre, non ? Justin est très bien traité dans cette famille, les gens sont très gentils avec lui et il s'y plaît. Je le sais, parce que je l'ai demandé en douce à madame Schmitt avant de partir. C'est juste que sa maman lui manque beaucoup. Ça, je peux le comprendre. Je me souviens comment ma Raphaële, qui adore ses parents, a été bouleversée quand elle a appris qu'elle avait un autre papa qu'elle ne connaissait pas.

De retour à la maison, je suis super contente de voir Jeanne. Pourtant, elle était là ce matin, elle n'a pas eu le temps de me manquer. Mais je crois que cette drôle de journée m'a rappelé que j'avais beaucoup de chance d'avoir ma famille, grande sœur ado ou pas.

La guerre des gommes

D'ailleurs, je raconte à Jeanne toute l'histoire de Justin et de la guerre des gommes. Elle m'écoute jusqu'au bout, sans m'interrompre une seule fois. Quand j'ai fini, elle me dit simplement :

– Camille, la prochaine fois qu'il y a un truc qui ne va pas à l'école, que quelqu'un t'embête, dis-le-moi, d'accord ? Je verrai comment je peux t'aider.

Et je n'arrive même pas à la remercier tellement je suis émue.

Ma famille est un peu particulière, parce que :

1. Ma sœur n'a pas la même mère ni le même père que moi.

2. Mon petit frère n'a pas le même père que moi. Ni la même mère que ma grande sœur.

3. Mon père aime une fille qui a tout juste vingt ans, et peut-être qu'un jour, j'aurai un autre frère ou une sœur qui n'aura pas la même mère que moi.

4. Mon chat n'a que trois pattes.

La guerre des gommes

Mais je ne l'échangerais pour rien au monde contre une autre !

Toute la soirée me paraît merveilleuse. Bébé César est encore plus beau que d'habitude. Coca se déplace vraiment très bien sur ses trois pattes, il a juste de la difficulté à descendre du bord des fenêtres. Même Jeanne l'aide quand il en a besoin. Vraiment, j'insiste, j'ai beaucoup de chance.

Tout ce bonheur me fait penser à Justin. Et lui, quelle soirée passe-t-il ? Est-ce que la maman de sa famille d'accueil a réussi à calmer à la fois son chagrin et sa colère ? Est-ce qu'il a compris qu'il ne peut pas se conduire comme ça avec nous, mais que nous l'attendons quand même demain en classe ? Est-ce qu'il va accepter que nous préparions de nouveau un cadeau pour nos mamans sans que ce soit trop douloureux pour lui ?

Et là... là... là, j'ai une super idée fabuleuse ! Non, je ne vais pas aller chercher la mère de Justin, c'est une bêtise que j'ai déjà faite ! Par contre, il y a quelque chose que je n'ai encore jamais fait… et mes camarades non plus !

Liste de toutes ces choses qui font mon bonheur et que je ne voyais même plus

Par Camille

1. Quand maman prépare des biscuits, elle me garde toujours la rangée placée au fond du four, parce qu'elle sait que je les aime très croustillants.

2. Quand je regarde un film avec mon père, les samedis soirs où je dors chez lui, il me prête sa vieille veste polaire toute douce et toute chaude.

3. Quand l'automne arrive, le soleil fait étinceler les feuilles dorées du grand érable. Depuis mon lit, j'aperçois un vrai feu d'artifice.

4. Quand je prends mon bain, Coca vient parfois s'installer sur le bord de la baignoire et nous bavardons. (Avec seulement trois pattes, ça va être plus difficile pour lui, mais je l'aiderai si nécessaire.)

5. Quelquefois, quand j'ouvre mon cahier de texte pour connaître la longue liste des devoirs à faire, je découvre deux jolis petits cœurs dessinés par Raphaële.

6. Quelquefois, quand maman allume la radio pour écouter les informations, c'est Christophe Maé qu'on entend !

Chapitre 18

Je ne veux pas me vanter, parce que, même avant de vouloir devenir une fille parfaite, je n'étais pas vaniteuse et je ne le suis toujours pas, mais mon idée est vraiment géniale. C'est ce qu'a pensé madame Schmitt quand je lui en ai parlé, ce matin.

Elle a donc accepté d'envoyer Justin chercher un cahier qu'elle a oublié pour de faux chez le directeur, et j'ai quelques minutes pour exposer mon projet à mes camarades : nous allons transformer la fête des Mères en fête de la famille et des amis. Au lieu de célébrer nos mamans chacun chez nous dans notre coin, nous allons nous réunir.

– C'est une idée géniale ! s'exclame Léo-Paul. Est-ce que nous allons inviter Justin ?

– Bien sûr ! réponds-je, étonnée. C'est même le but de la fête.

– Comment ça, le but de la fête ? insiste notre camarade.

– La fête des Mères rend Justin malheureux, nous allons y remédier !

– C'est une idée super top, confirment en chœur Emma et Raphaële.

Je savais que je pouvais compter sur ces deux-là ! (Je reconnais que je leur avais présenté mon projet en avant-première.) Léo-Paul, lui, semble décidément moins enthousiaste.

— Je ne suis pas trop d'accord. Je veux bien essayer de pardonner à Justin tout ce qu'il m'a fait, parce qu'il est malheureux. Mais de là à organiser une fête exprès pour lui…

— C'est vrai, c'est exagéré, renchérit Guillaume.

Heureusement que le plafond de ma classe est haut, sinon je crois que Raphaële se serait cognée tellement elle a bondi de sa chaise.

— Guillaume ! Comment tu oses dire un truc pareil ? (Mon amie fulmine de rage.) Tu as vraiment la mémoire courte ! Je te rappelle que tu t'es drôlement amusé à martyriser les autres avec Justin ! Tu étais le lieutenant le plus zélé du général machin. Et maintenant, c'est toi qui ne parviens pas à pardonner ?

Léo-Paul s'est retrouvé la tête pleine de yogourt, je ne crois pas que ça te soit arrivé, à toi.

Mon amie a raison, nous le reconnaissons tous. Madame Schmitt grimace en entendant parler de l'épisode du yogourt. Elle doit s'en vouloir de ne pas avoir vu ça.

– Les enfants, je crois que l'heure n'est plus au règlement de comptes, intervient-elle. Cette classe en a trop souffert. Je propose de trancher : la fête aura lieu en dehors des jours de classe et ceux qui voudront y participer seront les bienvenus. Pour l'instant, chut... J'entends Justin qui revient.

La guerre des gommes

À la pause, tous mes camarades sans exception viennent me confirmer leur participation à la fête. Guillaume doit s'en vouloir, parce qu'il propose même que nous fabriquions des petits cadeaux pour Justin.

– C'est une super idée, ça !!! s'emballe Raphaële. Pour ça, il faudrait mener l'enquête pour savoir ce que Justin aime et n'aime pas. Parce que, finalement, nous ne le connaissons pas.

Mon amie semble prendre en main l'organisation de l'événement. Même si c'est mon idée, ça ne me dérange pas. Moi, je me charge de raconter l'histoire dans mon journal, pour que tout le monde s'en souvienne… (Sauf que « tout le monde » n'est pas supposé lire ce journal… Je sais, j'en ferai un roman plus tard ! Je l'appellerai *La guerre des gommes*. Mais je changerai le nom des personnages. Si elle est une actrice mondialement reconnue, Emma n'aura peut-être pas envie que son public apprenne qu'elle a débuté par des coups de téléphone bidon.)

Liste de tout ce que nous apprenons sur Justin et qui est vrai cette fois

Par Camille

1. Son meilleur copain s'appelle Antoine. Ils ne se voient pas souvent mais se téléphonent toutes les semaines.

2. Plus tard, Justin aimerait être explorateur en Australie. (Tout s'explique !)

3. Il a toujours été dans des familles d'accueil gentilles. Mais il aimerait bien rester un peu dans celle-là, parce qu'il en a assez de déménager.

4. Christophe Maé est son chanteur préféré !!!!!!!!!!!!!!!

Chapitre 19

Quelle merveilleuse fête de la famille et des amis ! Franchement, c'est une idée super, on devrait la proposer à la Terre entière ! Je ne dis pas ça pour me vanter (j'insiste, je ne suis pas vaniteuse), mais parce que tout le monde passe un moment très agréable. Les enfants s'amusent beaucoup. Bon, ça, c'est assez classique. Mais les adultes aussi se régalent.

Je découvre que Thierry est vraiment doué au football. Bébé César aura un super entraîneur. Les mamans parlent toutes ensemble, même celles qui ne se connaissaient pas. Et madame Schmitt se mêle à la conversation sans parler de notes ou de devoirs. Au début, je remarque que ça déstabilise certains parents, mais ils s'habituent très vite. Il faut dire qu'elle est venue avec son mari et leurs trois enfants. Je me demande s'ils sont tous les trois premiers de leur classe, mais je n'ose pas les questionner.

Justin semble vraiment heureux. Ça se voit sur son visage, et je n'écris pas ça pour faire joli, c'est la vérité. Justin a l'air... plus beau depuis qu'il est vraiment lui-même. (Non, je ne suis pas en train de tomber amoureuse. Je vous le jure !)

Il est venu avec sa famille d'accueil, et nous nous rendons vite compte que madame Schmitt ne m'a pas menti quand elle m'a dit qu'il était heureux chez elle, que c'était juste sa maman qui lui manquait beaucoup. Il a amené Antoine, un enfant qui était avec lui dans la famille d'avant. Même s'ils ne vivent plus ensemble, ils sont comme frères, m'a-t-il confié.

C'est un peu compliqué, mais moi, avec Jeanne, j'ai été habituée très tôt à ce genre de situation, et je la comprends très bien. Une famille ne partage pas que son sang, elle partage surtout son cœur. Le mien est tout léger quand je quitte la fête en fin d'après-midi.

Justin est très content de ses cadeaux. Je lui ai offert un minuscule sac en tissu que j'ai cousu (avec l'aide de maman) et dans lequel j'ai mis des poils de Coca. (Mon chat a ronchonné un peu quand je les ai coupés, mais il a compris que c'était pour la bonne cause.) J'ai expliqué à mon nouvel ami que c'était un talisman qui provenait d'un félin à la fourrure ébène qui avait défié la mort (ce qui est vrai !). Mon nouvel ami a été très touché.

La guerre des gommes

De retour chez moi, je retrouve justement mon félin à la fourrure ébène dans le jardin. Mais… au secours ! Il est retenu prisonnier par l'affreux chat roux. L'infâme matou a profité du handicap de mon pauvre chat. Ne t'inquiète pas, Coca, j'arrive ! Je vais te sauver !!!

Une fois près du bosquet où ils sont tapis, je m'aperçois que mon chat n'a pas vraiment besoin d'être secouru. Il paraît plus blotti contre ce chat que retenu contre sa volonté.

– Coca, ce chat est ton copain ? lui demandé-je, pour être sûre quand même.

Mais Coca ne me répond pas. Il ne veut sans doute pas montrer à son camarade qu'il comprend notre langue.

– Minette, te voilà ! Tiens, tu t'es fait un nouveau copain ?

Je me retourne d'un bloc. Et là, je constate que cette voix toute douce, toute gentille, fluette presque, est celle de mon voisin au look si effrayant (vous vous rappelez ? celui habillé tout en noir avec des épingles de nourrice dans les oreilles). Comme quoi on (je) ne doit (dois) pas se (me) fier aux appa-rences.

– Je crois que ma chatte est amoureuse de votre chat, mademoiselle, lance-t-il dans un sourire. Lui aussi, il semble sous le charme…

Coca, amoureux ! Au secours ! Quoique… après un Bébé César, moi je veux bien des bébés Coca !

La guerre des gommes

Note de l'auteure

Le cancer de Coca a été inspiré par celui qu'a eu notre chat actuel, Malo. Heureusement, l'opération a été là aussi un succès, et Malo vit sa vie à trois pattes depuis un an et demi maintenant.

Merci à Yann Gabelle et à sa classe de CM2 de l'école Jean Zay, aux Mureaux, pour les jolies bêtises qu'ils m'ont inspirées. Ça a été un vrai plaisir !

Merci à Stéphanie Forestier, qui me fait, une fois encore, le grand honneur d'être ma toute première lectrice.

J'aimerais savoir transcrire en mots la vue magique que j'ai eue, du haut du coteau de Rosette, pour terminer ce roman. Mais je suis nulle en description. Je suis heureuse en tout cas de l'inspiration que cet endroit, si précieux à ma belle-famille, m'a apportée.

Pour Juliana, ma lectrice québécoise préférée ! Je suis très heureuse de notre rencontre à Montréal et de nos échanges.

Un grand merci une fois de plus à Guy Laroche, mon papa, pour sa relecture aussi efficace qu'affectueuse. Un grand merci à Monique Dessaint, qui a ajouté la traque de la faute de français à sa panoplie de Super Marraine.

L'envahi'sœur

Quand sa maman lui a annoncé qu'elle avait un nouvel amoureux, Camille était très contente. Seulement, elle n'avait pas imaginé quel cauchemar l'attendait…

Thierry, son beau-père, a déjà une fille. « Super ! » pensez-vous. Sauf que Jeanne, la fille de Thierry, est une adolescente de la pire espèce, qui ne respecte rien, qui croit tout savoir et qui n'arrête pas de se plaindre. Camille la déteste tellement qu'elle l'a surnommée Javotte, comme l'infâme belle-sœur de Cendrillon. Heureusement que son chat Coca est là pour la soutenir !

Au-delà des disputes, Camille et Jeanne feront front commun pour mettre de l'avant un plan infaillible : demander à une mystérieuse voyante, madame Malokeur, de jeter un sort à leurs parents afin qu'ils se séparent. Et qu'elles soient débarrassées l'une de l'autre. Pour de bon !

Dans la même collection
Déjà paru

Le Papapillon

Quand Raphaële est arrivée à l'école, ce matin-là, j'ai tout de suite su que ça n'allait pas. (C'est ça, la force de l'amitié !) Mon amie m'a annoncé une terrible nouvelle : son père n'est pas son vrai père. (Ça peut sembler bizarre... normal, c'est des histoires d'adultes.) Bref, le père « biochimique » de Raphaële est parti avant même sa naissance.

Comme personne ne veut parler à mon amie de ce papa-papillon qui s'est juste posé avant de s'envoler, elle a décidé de partir à sa recherche. Mais comment retrouver un homme dont on ne connaît que le nom ? Et franchement, qui accepterait : de mentir à ses parents ; de mentir à son enseignante ; de mentir à de parfaits inconnus pour attraper un Papapillon ?

Moi... bien sûr ! Et ma cousine Emma. Je vous laisse imaginer les problèmes que j'ai eus. D'autant plus que maman est enceinte et que ça la rend particulièrement... insupportable ! (Je souligne ici que c'est elle qui voulait ce bébé, pas moi !)

Achevé d'imprimer au Canada
sur papier 30 % recyclé
sur les presses de Imprimerie Lebonfon Inc.

procédé
sans
chlore

30 % post-
consommation

archives
permanentes